# 狗神さまはもっと愛妻家

雨月夜道

JN267450

幻冬舎ルチル文庫

CONTENTS ✦目次✦

狗神さまはもっと愛妻家



✦カバーデザイン＝久保宏夏（omochi design）
✦ブックデザイン＝まるか工房

イラスト・六芦かえで ✦

# 狗神さまはもっと愛妻家

ズドンッ！

すこんと抜けるように青い夏空の下、里の外れにある射撃場に、大きな銃声が鳴り響く。

二十間《けん》離れた的の真ん中を撃ち抜いたことを確認し、米利堅《メリケン》式ライフル銃を構えたまま呟《つぶや》く。

「命中」

上等な着物と袴《はかま》にたすき掛け、小柄で細身の体軀《たいく》。白い項《うなじ》が見えるほど刈り込んださっぱりとした襟足《えりあし》。黒目がちの大きな目が印象的な、歳《とし》不相応《ふそうおう》のあどけなさが残る端整な顔。

銃にはあまりにも不似合いな風情の少年、幸之助《こうのすけ》が構えていた銃を下ろすと、離れたところで見ていた少年が、煤《すす》で汚れた着物の袖をひらつかせて駆け寄ってきた。

幸之助の弟で、鍛冶師《かじし》の福之助《ふくのすけ》だ。

「いかがだったでしょう、神嫁様。使いやすくなっていますか？」

「うん！　すごくよくなってる。前よりずっと真《ま》っ直《す》ぐに飛ぶし、威力も……たった一年でこんなに腕を上げるなんて、銃の研究すごく頑張ったんだね」

思ったまま褒めると、福之助は幸之助によく似た童顔で「へへ」と、はにかんだ。

「神嫁様が頑張っていらっしゃるから、私も頑張らなきゃと思って。でも、よかった。月影《つきかげ》様の元へお帰りになる前に調整できて。ぜひ持って帰って、お役に立ててくださいませ」

「ありがとう。この銃なら、熊だって狩れるよ！」

弾んだ声で言うと、福之助はぎょっと目を剝《む》いた。

「く、熊？　そんな、危のうございます」

「確かに危ないけど、月影様、熊肉がお好きなんだ。だから……ふふ、楽しみだなあ」

好物の熊肉を嬉《うれ》しそうに尻尾《しっぽ》を振りながら頬張《ほおば》ったり、毛皮で作った着皮を着てクルクル回る夫の姿を想像し、満面の笑みを浮かべる。

福之助は呆気《あっけ》に取られたように口を大きく開いたが、おもむろにくしゃりと顔を歪《ゆが》めたかと思うと、ぽろぽろと涙を零《こぼ》し始めた。

「！　福之助、どうしたんだ。いきなり」

「う、嬉しいのです。このように楽しげな神嫁様、初めてで。ここにいらした時は、旦那様に気に入られなかったらどうしようって、ずっと思い詰めていらっしゃったから……うう」

涙で濡《ぬ》れた顔を袖で隠して声を震わせる福之助に苦笑し、肩を擦《さす》ってやりつつ顔を上げる。

その先には、故郷である加賀美《かがみ》の里が広がっている。

人里離れた山林を切り開いて作った田畑の中に、茅葺《かやぶき》屋根の家が十数軒ぽつぽつと点在するばかりの、小さくて鄙《ひな》びた農村。

それでも、どこの田畑の作物も真夏の強い日差しに負けることなく青々と生い茂り、風が吹くたびにきらきらと輝いている。ここは本来、天災の絶えぬ荒れ果てた土地で、おおよそ人が住めるようなところではないというのに。

里人たちがこの地で暮らしていけるのはひとえに、狗神《いぬがみ》一族のおかげだ。

狗神とは、主君である山神の「我を崇《あが》める人間を守護せよ」という君命の元、この地を千年以上守護している狗の化身のことだ。

人の姿に獣の耳と尻尾がついた出《い》で立ち。妖《あやし》の術が使え、人間の十数倍もの力を持つ彼らは、里人の信仰心を力に変えて、天候を操る術や『芽吹きの術』を用いて天災を防ぎ、豊穣をもたらすとともに、厄災を招く魔物と命を懸けて戦い、里を護《まも》ってくれている。

彼らのおかげで、この地は毎年豊作で、飢饉や疫病などの厄災に見舞われたこともない。

そのため、里人たちの彼らへの信仰心は篤《あつ》く、日々感謝のお供え物や神事を欠かさない。

そんな加賀美の里では稀《まれ》に、背中に桜の花びらのような痣《あざ》がついた童《わらべ》が生まれてくることがある。狗神がその者の魂に惹《ひ》かれ、ぜひ嫁に欲しいという思いからつけたとされる印だ。

その印を持って生まれてきた者は神嫁と呼ばれ、十八歳の誕生日に嫁入りしなければならない。

幸之助は、その印を持って生まれてきた。

狗神たちを篤く信仰する里人たちにとって、狗神に直接仕えることになる神嫁はとても尊い存在だったため、幸之助は里中の人間の手で大切に育てられた。

そして、皆からよく言われた。お前の旦那様になるお方は大変素晴らしい方で、愛《いと》しいお前が嫁に来る日を心待ちにしていらっしゃると。

だから、子どもの頃は無邪気に嫁入りを楽しみにしていた。大好きなたんぽぽが咲いただけで、旦那様が自分のために咲かせてくれたのだと思い、嬉しくなるほど。

しかし、神嫁は里人の神への信心や忠誠心を、身をもって示す重要な役割だと理解できるようになってくると、だんだん気鬱《きうつ》になっていった。

もし嫁入りした時、やっぱり気に入らないと言われたり、夫の気分を害する粗相《そそう》をしてしまったら、自分は勿論《もちろん》、守護されているこの里はどうなってしまうのか。

それを思うと怖くて、少しでも相手に気に入られるよう、寝る間も惜しんで花嫁修業に明け暮れ、福之助や里人たちをずいぶんと心配させてしまった。

「神嫁様がお嫁入りしてからも、福之助はずっと心配していました。旦那様と仲良うしておられるのか、辛《つら》い思いをしていないか。月影様の為人《ひととなり》を知ってからは、もっと……」

「え？　どうしてそう思うんだ。言っただろう？　月影様はとても立派な方で」

「確かに、月影様のお話を聞いた時、なんと立派な方だろうと福之助は感動いたしました。ご自分の身も顧みず、里と狗神様の絆《きずな》を何より大事にしてくださって。でも……いくら素晴らしくても、月影様はとても大変な境遇でおられます」

「そ、それは……」

「日夜、魔物たちと命がけで戦う隊に所属されているだけなく、神嫁を娶《めと》った狗神として、里人と狗神様の関係が良好に続くよう苦心されて、他にも色々……そうなると、神嫁様も相当ご苦労されているはずで、毎日辛い思いをされているのではないかと」

「！　そんなこと」

驚いて首を振ろうとする幸之助を、福之助が制する。

「結構です。こういう時の神嫁様は、たとえどんなに辛い思いをされていても、『大丈夫』しか言わない。だからあえて『お幸せですか』とは聞きませんでした。でも」

福之助が目尻《めじり》に涙を溜《た》めた瞳で微笑《ほほえ》む。

「この三日間、一緒に過ごしてよく分かりました。たとえどんなに苦労されていたとしても、神嫁様は、たった三日離れるのも耐えられぬほど、月影様のことがお好きで、毎日を幸せに過ごされていると」

その言葉に、幸之助はぎくりと肩を震わせた。

月影には、とても良くしてもらっていると、言いはした。

だが、月影が好きで好きでたまらないだの、三日会わなかっただけで月影が恋しくてしかたないだの、そういう話はみっともないし、この三日間ともに過ごした福之助たちに対して失礼だと思ったから、一切口にしなかったはずだ。

どうして分かったのだろう。おろおろと狼狽《ろうばい》していると、福之助は「自覚がないのですかっ？」と呆《あき》れた声を上げた。

「神嫁様、何かにつけて月影様のことばっかりでしたよ？　皆から土産をもらったり、膳を振る舞われたら、一々『これ、月影様が大好きなんです』とか『月影様にも食べさせたいので、作り方を教えてください』などと言っては、喜ぶ月影様を思い浮かべてニヤニヤして、挙げ句の果てには、月影様の喜ぶ顔見たさに、熊を襲おうとなされて」

延々と指摘されて、幸之助は頬を真っ赤に染めた。

（ニヤニヤって……私は、どれだけみっともない顔をしていたのだろう！）

羞恥《しゅうち》で燃え上がる頬を両手で押さえて身震いしていると、「神嫁様」と声がかかった。

振り返ると、杖《つえ》を突いた老人と隻腕《せきわん》の若い男が立っていた。

里長《さとおさ》と、その息子の嘉平《かへい》だ。

「お迎えが来ましたで、呼びにまいりました」

「あ……里長自ら、申し訳ありません」

幸之助が慌てて頭を下げると、里長は福之助に顔を向けた。

「銃をお持たせするなら、鍛冶場にある弾をありったけ取ってこい。神嫁様はここへは簡単に戻ってこれんでな」

「は、はい！　すぐお持ちします」

福之助が急いで駆け出すのを見届けると、里長は再び幸之助に向き直った。

「では、お迎えの元までご案内します。その間に、少しお話を。……此度《こたび》の里帰り、ご厚意もありましょうが、狗神様がいかに神嫁様を大事にされているかを里人に示すとともに、神嫁様に里の様子を探らせる意図がおありだと、推察しております」

承知している。これは、ただの里帰りではない。狗神と里の関係が良好であることを公《おおやけ》に知らしめるとともに、神嫁を通して互いの意思疎通を図る、大切な外交。

里人たちもそうだが、狗神側もまた、里と良好な関係を結べないと困るのだ。

里人からの信心が得られなければ、里の守護がままならなくなり、「我を崇める人間を守護せよ」という君命を果たせなくなってしまう。

狗神にとって、君命は絶対だ。

ゆえに、月影の父にして狗神一族の長《おさ》である白夜《びゃくや》から託された土産を持って挨拶回りをした時は、狗神たちへの印象が少しでもよくなるよう、細心の注意を払ったつもりだ。

「昨夜もお話ししましたとおり、中央では薩長《さっちょう》と旧幕府軍とのいざこざが絶えず、この国の先が見えぬほどに不穏です。今こそ狗神と里人が力を合わせる時。どうぞ、ご報告の際はくれぐれもよしなに……こら、嘉平。お前も頭を下げげんか。お前は特に、神嫁様にお願いせんと」

黙り込んだまま突っ立っているばかりの嘉平を、里長が促《うなが》す。

嘉平は何も言わない。険しい顔で目を逸《そ》らしたまま、微動《びどう》だにしない。

不快には思わなかった。嘉平がこんな態度を取るのも無理はない。

嘉平は非常に先進的な考えの持ち主で、大海原《おおうなばら》を黒船が渡るこのご時世に神を信仰するなど馬鹿馬鹿しいと、狗神信仰に激しく反発していた。神嫁のしきたりにも否定的で、長年神嫁の幸之助を邪険に扱い、毛皮は高く売れるからと、二度にわたって月影を殺そうとした。

この行為が白夜の逆鱗《げきりん》に触れ、嘉平は白夜に右腕を食いちぎられてしまった。

その後はさすがに懲《こ》りて、里長の跡を継ぐための勉強を始めたとのことだが、今まで散々畜生呼ばわりし、腕を食いちぎられた相手側の人間に面と向かって頭を下げるなんて、まだ相当の葛藤《かっとう》があるはずだ。

「里長。いいんです。見送りにきていただいただけでも十分……っ」

幸之助は口をつぐんだ。嘉平がいきなり、ぐいと顔を近づけてきたのだ。

「お、お前の、旦那に……『薬、いつもすまない』と、言うておけ」

「え？　薬って……あ」

聞き返そうとしたが、嘉平は脱兎《だっと》のごとく駆け出し、行ってしまった。

何が何だか分からず瞬《まばた》きしていると、里長が「申し訳ありません」と肩を竦《すく》めた。

「いつまでも子どものままで。実は、あやつが怪我《けが》をしてからずっと、月影様が傷薬を届けてくださるようになりまして」

「！　そうなんですか」

「はい。月影様からの使いだという鴉《からす》が運んでまいります。それが大変よく効く薬でして。他にも色々、気を配っていただいておるようで」

全く知らなかった。

「本来、嘉平は殺されてもおかしくありません。狗神様をないがしろにした挙げ句、殺して毛皮を剝《は》ごうとしたのですから。月影様もさぞご不快に思われたことでしょう。それなのに……。白夜様に腕を食いちぎられた折、命がけで庇《かば》っていただいたことも含めて、月影様がここまで慈悲をかけてくださったから、あやつも里長を継ぐ気になったのだと思います」

どうか、感謝に堪《た》えぬとお伝えください。深々と頭を下げられる。

それに対して、幸之助は頭を下げ返すのが精一杯だった。


「神嫁さま、さようなら！」

「来年は、月影さまと帰ってきてね！」

小さな手を一生懸命振って叫ぶ童たちに、迎えの馬に乗った幸之助は振り返り、笑顔で手を振った。

見送りには里人全員が来てくれた。皆、別れを惜しんでくれ、これからも神嫁として頑張るよう激励してくれるとともに、たくさんの土産を持たせてくれた。

嫁入りを見送ってくれた一年前と同じように、優しくて温かい里人たち。

いつまでも幸せでいてほしい。

その思いは前と何も変わらないが、幸之助の胸に去来するのは彼らへの名残《なごり》ではなく、もっと別の感情だった。

「ほほほ。せっかくの里帰りでらしたのに、いやに暗いお顔ですなあ」

里人たちが見えなくなった頃、渋みのある老人の声がした。

顔を上げると、馬の頭に乗っていた鴉がこちらを覗《のぞ》き込んでいる。

「そのように見えますか」

「はい。坊ちゃまと励み過ぎて、朝寝坊してしまった時のようなお顔でございます」

「は、はげ……っ！　空蟬《うつせみ》さんっ」

あまりの言葉に裏返った声を上げると、喋《しゃべ》る鴉……月影が従える唯一の下僕、空蟬はカアカアと鷹揚《おうよう》に笑った。

「失敬。本当のことなので、つい。されど、誠になにゆえ」

「それは、その……心配事が」

じわじわと熱くなっていく頰を俯《うつむ》け、幸之助は口をむにむにさせた。

「空蟬さん。私は、変な顔をしている時がありますか？」

「と、言いますと？」

「弟に、言われたのです。月影様のことを考えている時、私がニヤニヤしていると。ニヤニヤって、あんまりいい顔じゃないですよね？　だから、その」

「ははあ」

真っ赤になった顔をますます俯け口ごもる幸之助に、空蟬は声を上げた。

「つまり、奥方様は里におる間、四六時中坊ちゃまのことを考えて、四六時中変な顔をしていたやもしれぬ。月影はなんと変顔の嫁を持っておることかと、恥を掻《か》かせていたらいかがしたものかと危惧《きぐ》しておられる、と？　ははは」

そこまで言って、空蟬はおかしそうに笑った。

「さすが、生真面目《きまじめ》な奥方様ならではのお悩みでございます。されど、杞憂《きゆう》が過ぎまする。誰もそのようなこと、思うたりいたしませぬ」

「わ、分かってます。何とも馬鹿げたことを言っていると。でも、そのようなことでも気にせずにはいられないのです。月影様が、あまりにも立派過ぎて」

「はあ？　坊ちゃまが、でございますか？」

「はい。里人皆が言っていました。とても尊いお方だと。それに、嘉平様のことも」

「嘉平？　……ああ。里長の倅《せがれ》でございますか。いい子に精進しておりましたかな」

「はい。月影様によろしく伝えてほしいと。……私は、己が恥ずかしいです」

幸之助は嘉平と一度も心を通わせたことがない。仲良くなろうと努力したことはあるが、何度もすげなくされていつしか諦《あきら》めてしまった。

それなのに、月影は自分を二度も殺そうとした嘉平を怒らぬばかりか、嘉平の身を気遣い続け、ついには凝り固まっていた嘉平の心を溶かしてしまった。

立派な神嫁を演じ続けなければ、里が見限られてしまうと、怯《おび》えて縮こまっていた幸之助の心を溶かしたように――。

「月影様は、本当にすごい。狗神様と里人の架《か》け橋になるという己の役目を、立派に果たしておられる。だから」

真剣に悩みを打ち明けたが、空蟬は呆れるような声を漏《も》らした。

「それは……坊ちゃまは、一生里人の前に出ぬほうがよろしいですな。夢を壊さぬためにも」

「え？　それって、どういう」

「いえ、別に。されど、そのように気になるのでしたら、坊ちゃまに直接ご相談されるのがよろしいかと存じます。奥方様のお顔を、毎日舐《な》め回すように……もとい、誰よりも見ておられるのは坊ちゃまでございますからね。都合よく、今庵《いおり》におられますし」

「！　俺って、今日は見回りのお仕事だったはずでは」

「はい。実は所用ができまして、早めに仕事を切り上げて戻って来られたのです。それで、奥方様を一刻《はよ》も早う連れて戻ってまいれと言われたのですが、まあ山道で急いでも危のうございますし、ゆっくりとまいりま……おっと」

空蟬が言い終わらないうちに、幸之助は馬の腹を蹴った。理由がどうであれ、夫が早く帰ってこいと言うのなら、できるだけ早く帰らねばならない。それが嫁の役目だ。

里帰りが上手《うま》くできた自信がない幸之助は、これ以上失敗を重ねられないとばかりに家路を急いだ。そんな幸之助を見遣《みや》り、馬にしがみついた空蝉は苦笑した。

「ははあ。生真面目過ぎるのも考えものにございます」


山道であるにもかかわらず馬を全力疾走させて、自分たちの住まいである小さな庵に戻った幸之助は、急いで馬から飛び降りると玄関へと駆け寄り、勢いよく戸を開いた。

「た、ただいま戻り……っ」

転がり込むように部屋の中に入りながら言いかけ、はっと口をつぐむ。

居間に座する、白い男の姿が視界に映る。

抜けるように白い肌。癖のある白銀の髪。純白の山伏《やまぶし》の衣裳。

頭と尻から生えた、白い獣の耳と尻尾。

「……む？」

大きくてもふもふした耳がぴくりと動き、月影がこちらに顔を向けてくる。

意志の強さを湛《たた》えた、大きなとび色の瞳が際立つ、凜《りん》とした面差《おもざ》し。

だが、幸之助をその目に捉《とら》えた瞬間。

ポポポポポポン……ッ！

「ヨメーッ！」

鼓《つづみ》が鳴るような音が盛大に鳴り響いたかと思うと、月影は人形のように端整な顔をぱあっと童のように輝かせ、幸之助めがけて飛びついてきた。

「ヨメ！　よ……じゃない。こっ幸之助！　よう戻った。達者にしておったか」

小柄な幸之助を軽々と抱え上げ、くるくると回りながら尋ねてくる月影に、幸之助は目を白黒させた。

「は、はい。里の皆様が、ようしてくださいまして」

「む？　しかし、ひどく汗を掻いておるぞ。どこぞ悪いのではないか」

「これは、申し訳ありません。急いで帰ってきたものですから」

額《ひたい》から落ちる汗を袖で拭きつつ答えると、ポポンッという音が二度響いた。

「ふふん。それは、俺に一刻も早う逢うためか？　相変わらず可愛い奴め」

幸之助の頭に頬ずりして、大きな尻尾をぶんぶん振り回す。

（……あれ？）

用があるから早く連れて帰ってこいと、空蟬に申し付けたのではなかったのか？

訝《いぶか》しく思ったが、全身で自分の帰りを喜んでくれる月影を見ていたらどうでもよくなってきた。逆に、月影への愛おしさ、三日も逢えなかった寂しさ、恋しさがふつふつと湧きあがってきて、幸之助は月影をぎゅっと抱き締め返した。

「はい、お逢いしとうございました」

甘えるように頬を寄せた。その時。

「もうし」

不意に、男の声がした。とっさに顔を上げると、先ほどまで月影が座っていた席とちょうど向かい合う位置に、狩衣《かりぎぬ》姿の若い男が座しているのが見えた。

「もしかして、私はお邪魔でしょうか？」

にこやかな笑みでそう言われた瞬間、幸之助は月影と一緒になって「わあっ」と声を上げ、慌てて身を離した。

「そんな！　滅相もありません、雪月《せつげつ》様。これはただ、その……祝言《しゅうげん》を挙げましてこのかた、嫁とかように離れ離れになったことがなかったので、ついなんというか」

言い訳にもならない言い訳を重ねる月影の横で、幸之助も必死に平伏する。

「ごご、ご挨拶が遅れまして、申し訳ありません。私、月影が妻、幸之助と申します。本日はようこそおいでくださいました」

しどろもどろになりながらも言葉を連ねる二人に、雪月と呼ばれた狗神は朗らかに笑った。

「すみません、戯言《ざれごと》です。怒ってなどおりません。むしろ」

立ち上がり、平伏する幸之助のところへ歩み寄ってくる。洗練された品のある所作だ。

「香澄《かすみ》の里の守護を任されている狗神一族の長、雪見《ゆきみ》が嫡男、雪月と申します」

「長……嫡男っ？」

体中から嫌な汗が噴き出した。

月影が仕事を切り上げるほどの所用と聞いた時点で、軽率な行動は慎むべきだったのに、とんでもないことをしてしまった。

（御曹司《おんぞうし》様の前で、私は何という粗相を……！）

どうすれば、この場を丸く収められるだろう。小さな身を震わせ、必死に考えていると、笑い声が上から降りてきた。

「そのように硬くならず。今日は一族の使いとしてではなく、一人の友として参ったのです」

「え？　と、友……？」

「うむ！　雪月様はな。同じ白狗《びゃっく》ということもあって、幼少の頃より懇意にしてもろうておる、俺の一番の親友じゃ」

「そうでございましたか。でも」

幸之助は改めて雪月を見上げた。

柔和《にゅうわ》な笑みを浮かべているが、細い眉のせいか繊細で儚《はかな》げな印象を受ける端麗な顔。朱色の狩衣。絹糸のように艶《つや》やかな銀髪。

頭と尻から生えた白と黒の斑《まだら》模様が入った耳と尻尾。

月影と同じ白狗には見えないが……と、不思議に思っていると、月影が小さく笑った。

「雪月様はまだ、神嫁の儀を四回までしか致しておらぬ身なのだ。ゆえに、このような白と黒が入り混じった姿をしておられて」

「月影殿」

雪月が窘《たしな》めるように、月影の言葉を遮る。少し硬い声だ。

「大丈夫です、雪月様。嫁は白狗のことも神嫁の儀の実情についても全て承知しておると、先ほど説明したではありませんか」

「それはそうですが……神嫁殿の気持ちを考えなさい。いかなる理由があろうと、私は神嫁を喰《く》ろうた人外。不快に思わぬはずがない」

神嫁を喰ろうた……そう。それが、神嫁の儀の実情だ。

狗神には稀に、白狗という毛が真っ白な狗神が生まれてくることがある。

彼らは生まれつき体が弱く、力もなければ、千年以上生きる狗神の十数倍早く成長し年老いて、数十年しか生きることができない。

白狗は弱者の象徴とされ、日陰者になるしかない。

だが一つだけ、白狗から普通の狗神になれる方法がある。

人間を喰らうことだ。五十年ごとに一人ずつ五人喰えば、毛は黒くなるが、力も寿命も「普通」になることができて、一人前の狗神として認められる。

ゆえに一族で白狗が生まれると、里から贄《にえ》を捧げさせていたのだ。

神嫁の印は、その白狗と同じ日に生まれた子どもに現れる、贄の印。

嫁入りも、贄が逃げないための……そして、里人たちが嫌がる仲間を犠牲にする罪悪感から逃げるための方便。

そのことを知った時、幸之助は恐怖に震えた。雪月の言うとおり、いかなる理由があろうと、狗神は人を喰う生き物なのだと思うと、怖くてしかたなかった。でも、今は――。

「……おや？」

目を逸らさず、雪月を見つめ続ける幸之助に、雪月はわずかに目を見開いた。

「あなた、私が怖くないのですか？」

「はい。白狗が人を喰らうのは、里を護る力を得るためやむを得ず、心で泣きながら喰らうのだと、夫や義父《ちち》より承っております。そのような方を、どうして怖いと思えましょう」

少々出過ぎた物言いかと思ったが、思ったままを答えた。

確かに、嫁入りと偽り喰われた神嫁たちのことを思うと、同じ神嫁として心は痛む。でも、白狗に恨みはないし、怖いとも思わない。

自分を見つめてくる雪月の顔が、どこか辛そうに見えたから、それだけは伝えたかった。

月影もそれを望んで、滅多にしないこの話をあえてしたと思うから。

「それは、まあ……しかし、それはあくまで月影殿と白夜様のことで、私も当てはまるとは限らないでしょう？　それでなくても、初めて会《お》うたばかりだというのに」

「はい、あなた様のことは何も存じ上げません。でも、夫が一番の親友だとおっしゃる方なのですから、悪い方であるはずがありません」

相手を見据えて、はっきりと答える。

雪月の瞳がさらに揺れた。その時。ポポン！　と、大きな鼓の音が二度も庭先で鳴り響いた。見ると、先ほどまでなかったたんぽぽが二輪咲いている。

「……あ。失敬」

顔を赤らめた月影が小さく詫《わ》びる。嬉しいことがあると、無意識のうちにたんぽぽを咲かせてしまう。空蟬曰《いわ》く、月影の悪癖だ。

忙《せわ》しなく耳をぱたぱたさせ、必死に緩みそうな顔を引き締めている月影に目を向け、雪月は苦笑した。

「月影殿、私はあなたに謝らなければなりません」

「は？　謝る。と、言いますと」

「実を言うと、先ほどのあなたのお話、私を心配させぬための強がりだと思っていました。神嫁を喰わずに娶ったあなたの行動は立派ですが、その真意を、神嫁がこんなにも早く理解し、受け入れられるはずがないと。しかし」

今度は、幸之助に顔を向けてきた。その顔には、淡い笑みが浮いている。

「実際神嫁殿にお会いして、嘘ではないとよく分かった。このような人間がいるなんて……

誠に、よい嫁御を娶りましたな」

「……は、はは！　雪月様。さような、本当のことを言われると照れまする」

はち切れんばかりに尻尾を振りまくり、月影が上機嫌に答える……が。

「愛らしゅうて、健気《けなげ》で……思わず、連れて帰りたくなります」

雪月がそう付け足した途端、勢いよく動いていた尻尾がぴたりと止まった。幸之助も「へ？」と目を丸くする。そんな幸之助に、雪月はさらに近づいてくる。

「おや、よく見たら持ち運ぶのにちょうどよい大きさをしてらっしゃる」

「ええっ？　あ、あの」

「どれ、一つ試しに」

「せ、雪月様！　お戯《たわむ》れが過ぎまするっ」

減るので触らないでください！　おろおろするばかりの幸之助を背に隠し、月影が全身の毛を逆立てて抗議すると、雪月は「ケチですね」と楽しげに笑った。

月影がますます毛を逆立てる。とはいえ、不思議と険悪な空気は感じられない。

気がつけば、二人同時に笑い出して……どうやら本当に、二人は冗談が言い合えるほど、気の置けない仲らしい。

「それでは、私はそろそろお暇《いとま》いたします」

「え？　もうお帰りになるのですか。まだ、笛も聞かせてもろうておらぬし」

「ふふ、嬉しいくせに」

「！　さ、さようなことはございませ……ぎゃっ」

ぶんぶん首を左右に振る月影の耳を、雪月は軽く摘《つま》んだ。

「嘘ばっかり。……笛はまた、次の機会にいたします。どうせ聴いてもらうなら、ちゃんと聴いていただきたいので」

手に持っていた龍笛《りゅうてき》を雅《みやび》な柄の袋にしまいながら笑うと、雪月は再び幸之助へと振り返ってきた。

「では、神嫁殿。今度ゆっくり、お話しさせてくださいませ」

必要以上に顔を近づけてきて囁《ささや》くように言うと、雪月は少々意地の悪い笑みを浮かべて帰って行った。それを、再び毛を逆立てた月影が、口をへの字に曲げて見送る。

「むう。雪月様め。俺をからかうのがお好きとはいえ、使っていいネタと悪いネタがある」

「……あの程度でお許しいただけたのなら、寛大でございます」

幸之助がほっと胸を撫《な》で下ろすと、月影が勢いよく振り返ってきた。

「む！　その言葉、聞き捨てならぬ。ぬしは俺の嫁ぞ。それだというに、あのような色目を使《つこ》うたからかいは、言語道断……っ」

「言語道断は、月影様のほうでございます！」

月影に向き直り、幸之助は眦《まなじり》を目一杯つり上げた。

「お客様の前で何ということを！　確かに、中の様子も窺《うかが》わずに戸を開いた私も悪うございました。でも、月影様はそれまで雪月様と向かい合って話されていたのでしょう？　それなのに、どうして」

気心の知れた友人の前だから、気が緩んだのかもしれない。

しかし、親しき中にも礼儀あり。やっていいことと悪いことがある。

厳しく言い聞かせるつもりだった。それなのに、月影ときたら、

「そ、それは、三日ぶりにぬしの姿を見たら嬉し過ぎて……つい、我を忘れた」

許せ。可哀想なほど耳をしゅんと下げ、真っ赤になった顔を俯けて、そんなことを言う。

その、叱《しか》られた子犬のような様を前にしてしまうと――。

「……か、可愛い！」

「むう？　何か申した……っ」

「もう！　そのように可愛い謝り方をされたら、怒るに怒れません」

体当たりする勢いで抱きついて詰《なじ》ると、月影はぎょっと目を剝いた。

「お、おい。夫を捕まえて、『可愛い』とは何事」

「事実ですからしかたありません。私などに怒られた程度で、このようにお耳をお下げになって……可愛い」

大きな耳を指先でピンッと弾《はじ》いてやる。瞬間、月影は両耳を立てて、襲いかかってきた。

「むむう！　おのれ。帰って早々夫を愚弄《ぐろう》するとは。可愛くないぞ！」

月影は最初、怒った顔をしていた。でもすぐ笑顔になると、幸之助の顔に口づけの雨を降らせ、ぎゅうぎゅう抱き締めてきた。

「ヨメじゃ、ヨメじゃ。ヨメが、俺のところに戻ってきた」

甘えてくる、月影の柔らかな唇の心地よさに、幸之助はうっとりと目を閉じたが、月影の手が着物の中に入ってきた途端、はっと目を見開いた。

「月影さ……ぁ。まさか、このまま……んんっ」

「む？　当たり前じゃ。ここで、やめられるか」

興奮気味に尻尾をふりふり板の間に押し倒され、着物を脱がされる。

理性が、拒むべきだと警告した。陽も高い真昼間に玄関先で……しかも、汗を掻いた汚い体を夫に抱かせるなんて考えられないと。

なのに、口は拒絶の言葉を口にしようとしない。

腕も突き放すどころか、月影の着物にしがみつき、引き寄せてしまう始末だ。

月影が欲しい。身も心も……とにかく自分の全部が、月影を欲しがっている。

「つき、かげさ……は、ぅっ……ぁ」

蕩《とろ》けるように甘い口づけの後、いきなり乳首を口に含まれて背が撓《しな》る。月影はその反応に機嫌よく尻尾を振り、掌《てのひら》で幸之助の肌を舐《な》めるように撫で上げた。

「肌が、熱い。それに、このように汗ばんで……」

「！　あ、あ……申し訳、ありませんっ。ご不快なら、先に行水を……ああっ」

咎《とが》めるように乳首を抓《つね》られ、思わず声が上がる。

「馬鹿者。誰がさようなことを申した。ぬしの体から出るもので、不快に思うものなどあろうか。夫婦《めおと》になって一年も経《た》つというに、さようなことも分からぬとは」

「つ、きかげさ……ぁ、ああ……ん、くっ」

「まあよい。今は、ぬしに言い聞かせる余裕がない」

ぬしのよき声、いっぱい聞かせてくれ。掠《かす》れた声で囁くと、月影は唇と左手で幸之助の胸を弄《いじ》り、右手を下肢へと滑り落としていく。

すでに兆《きざ》しが見え始めている下肢をじかに擦《こす》られて、幸之助の細い腰がびくりと震える。

「ぁ、ああ……つき、かげさ……は、ぅ……んんっ」

「もうこんなに濡らしておるのか？　では、こちらは……」

「え？　……ああっ」

秘部に濡れた指先を挿入されて、縁がひくりとうねった。

「意外に、柔らかいままだのう。三日も弄らねば、硬くなっておると思うたに」

「つ、つきか……は、ぁっ！　そ、んな……ゃっ」

一気に指を根本まで埋め込まれる。けれど、幸之助の内部はあまり抵抗なく、月影の指を受け入れた。それどころか、月影が胸への愛撫を施すたびに襞《ひだ》が淫《みだ》らに動き、月影の指にいやらしく絡《から》みつく。

逸《はや》っているのだ。月影のものに穿《うが》たれて得られる悦楽を知っているココは、早く月影が欲しいとうずうずしている。だから、月影の指を食い締め、腰まで淫乱に擦りつけてしまう。

月影と夫婦になって一年。何も知らなかった幸之助の体はすっかり作り変えられてしまった。

しかし、体がどんなに淫猥《いんわい》になっても、心はいまだに不慣れなままだから、先走る己の体に理解が追いつかず、戸惑いながら身悶《みもだ》えることしかできない。

徐々に増やされていく月影の指に翻弄《ほんろう》され、思考が完全に熱に溶けかける……が。

「中も、このような……もしや、一人寝寂しさに己を慰めておったのか？」

「……っ！」

布擦れと乱れた吐息の合間、そんな言葉が聞こえてきた途端、それまで身を焦がしていた快楽も雰囲気もどこかに吹き飛んだ。

「いでででで！」

「ひ、ひどうございます！」

幸之助は情欲の涙に濡れた顔で目一杯怒気の表情を浮かべ、月影の耳を引っ張った。

「私を、何だと思っていらっしゃるのです。そ、そのようなこと、私はいたしません！」

「さ、さように怒るな。別に、馬鹿にしておるわけではない。むしろ、俺は嬉しいぞ。生真面目なぬしが俺を想うて己で致すなど、ぜひ一度見てみたい……」

「たとえ月影様を思い浮かべてでも嫌でございます」

月影の言葉を遮り即答する幸之助に、月影は思わずといったように声を上げた。

「ヨメ！　それはいくら何でもひどいぞ。俺では抜けぬと申すか！」

「そういう問題ではありません。だって、だって……っ」

見る見る真っ赤になっていく顔を背け、幸之助は震える唇を嚙《か》みしめた。

「己の、指でも……嫌で、ございます。月影様じゃ、ないなら」

「！　こ、幸之助……」

「月影様しか、幸之助は欲しくありません。それくらい、月影様をお慕いしてて……だから、三日ぶりに触れてもらえただけで、このように体がはしたなくなるのではないかと……その」

声がどんどん小さくなっていく。

最初は、三日の禁欲も我慢できない好き者だと言われたようで、腹が立って否定していたが、だんだん……三日ぶりの逢瀬にはしたなくなるのも十分好き者なのではないかと思えてきて、居たたまれなくなってきたのだ。

でも、体はやっぱり月影が欲しいままで、幸之助は羞恥の涙を一筋流した。

「み、淫らな嫁は……お嫌い、ですか？」

震える声で尋ねる。すると、息を呑《の》むような気配がして、次の瞬間、埋め込まれていた指を引き抜かれた。

「んんっ！　……つ、きかげさ……っ！　あああっ」

突如、強烈な圧迫感を覚え、幸之助は背を撓らせた。

「あ……はぁっ。すまぬ。すまぬ……幸之助っ」

逃げを打つ幸之助の体を抱き竦め、強引に腰を押し進めて、月影が切迫した声を漏らす。

「三日ぶりゆえ、大事に抱いてやりたかったが……無理じゃ。ぬしに、そのようなことを言われてしもうたら、もう……っ」

「あ、ああ……つき、かげ……ぃ、ああっ」

「好きじゃ。……好きぞ、幸之助。この三日間、ぬしが恋しゅうて、恋しゅうてっ」

幸之助の小さな体を掻き抱き、性急に腰を突き上げる。

まるで、幸之助の全てを貪《むさぼ》り尽くそうとするように。

あまりの激しさに、体は一瞬怯えて縮こまったが、歓喜に満ち溢《あふ》れた心に突き動かされて、幸之助は必死に月影へと手を伸ばした。

「月影、様……月影様っ」

壊れたように名前を呼んで、月影にしがみつく。

汗ばんだ肌に、月影の滑《なめ》らかな肌は心地よく馴染《なじ》む。

まるで、自分と月影が混ざり合い、溶け合うような感覚に、幸之助はうっとりした。肢体を絡めるほどに鼻腔《びこう》をくすぐる体臭も、不快感を覚えない。

「ぁ、ああ……つき、かげさ……は、ぅ……んんっ」

月影の首にしがみつき、きらきらと光る白銀の髪に鼻を押しつける。

すんすんと鼻を鳴らす。太陽と、少しだけたんぽぽの香りがする月影の匂い。満たされていく。月影の全部で、五感も心も全てが塗り潰される至福の瞬間。

(月影様……好き。大好きです。……でも)

最後にそんなことを考えて理性を放ると、幸之助は月影とともに甘い快楽の海へと溺《おぼ》れていった。


次に気がついた時、夕暮れに染まる閨《ねや》の天井が見えた。

(夕焼け……夕餉《ゆうげ》の、支度《したく》……)

ぼんやりした頭で考えていると突然、ぬっと白い顔が視界に入り込んできた。

「こっ幸之助、起きたのか」

「あ……はいっ、申し訳ありません。お手間をかけてしまったようで。すぐに夕餉の支度を」

慌てて飛び起きると、月影が鼻を鳴らして胸を張った。

「ふふん、無用じゃ。夕餉なら俺が用意した！」

「ええ！　月影様が」

「そうじゃ。すごいであろう！　……というのは冗談で、空蟬に用意させた。ぬしの飯ほど美味《うも》うはないが、まあ我慢して食うてくれ」

空蟬が聞いたら絶対怒りそうな言い草でそんなことを言う月影に、幸之助は平伏した。

「里帰りより戻りまして早々、申し訳ありません。それで、あの」

「む？　ああ、雪月様のことなら心配いたすな。ちゃんと、詫びの文を出しておいたゆえな」

「それは、ようございました。でも、それと……」

幸之助は言葉を切った。今胸に抱えていることを言うべきか否か迷ったが、一刻も早くはっきりさせておきたいことだったから、小さく息を吸うと意を決して口を開いた。

「お許しいただけるなら、夕餉の前にお聞きしたいことがあります」

「む？　何じゃ。申してみよ」

「……里帰りした折、里人たちから口々に言われました。月影様は里人の心を汲《く》んで贄のしきたりを終わらせてくださっただけでなく、これからも里を護るとおっしゃってくださった。そのような神様にお護りいただけて、自分たちはとても幸せだと」

「むっ、むっ。そ、そうか。そこまで言われると、さすがの俺も照れるが……はは。ぬしに鼻高々な思いをさせてやれたようで何よりじゃ」

ポンポンたんぽぽを咲かせてはにかむ月影に、幸之助はこくりと頷《うなず》く。

「はい。誠に、鼻高々でございました。でも、こうも言われました。立派ではあるが、月影様の選ばれた道はとても困難なものだ。白狗のまま、人間の嫁とともに生きるだなんて、誰もしたことがないんだから、大変なご苦労がおありだろうと。それで……嫁の私も苦労をしているに違いないと」

ここでまた、幸之助は言葉を切った。月影の表情が一瞬にして真顔になったからだ。

幸之助は姿勢を正し両手を突いて、月影を真っ直ぐ見遣った。

「でも……無礼を承知で申し上げますと、私は月影様の元に嫁いでからというもの、苦労した覚えがありません」

「……は？」

「婚礼の日からずっと、よくしていただきました。楽しいことや嬉しいことばかりで、幸之助はとても幸せです。だから、今更心配になったのです。私の負うべき苦労も、月影様が背負われているのではないかと。それで、そのような苦労がおありなら、今すぐ私に渡していただきたく……」

「ちょ、ちょっと待て」

なぜか戸惑いの表情を浮かべた月影が、幸之助の言葉を遮ってきた。

「ぬしは俺の嫁になって、苦労したことがないと申すか？　あのように色々あって」

「？　どのことでございましょう」

月影の苦労なら色々覚えがあるが、自分の苦労など記憶にない。そう答えると、月影は口をあんぐり開けた。

「何も思いつかぬのか？　例えば、いまだに討伐隊の一雑兵《いちぞうひょう》と、うだつが上がらぬままで」

白狗だから、長の御曹司でありながら低い役職にしかつけないという事実には触れず、おずおずと呟く月影に、幸之助は首を振った。

「とんでもありません！　月影様は立派に職務を果たしていらっしゃると、幸之助はよく存じております。誇りこそすれ、何を恥に思うことがありましょう」

「そ、そうは言うても、このようなあばら家に住まわせて」

「住処《すみか》など、雨風さえ凌《しの》げれば何でもいいです。それに、月影様が夏は氷、冬は羽毛をと色々気を遣ってくださるから、とても快適です」

「従者も、家事もろくにせぬ老いぼれ鴉一匹で」

「私は月影様のお世話をするのが好きなので、させていただけて嬉しいです」

さらりと答える。月影はますます口をぽかんと開いたが、すぐにポポポンッとたんぽぽの咲く音が響いたかと思うと、ものすごい勢いで飛びついてきた。

「くそ、くそ！　ぬしは俺をどれだけ虜《とりこ》にしたら気が済むのだ。可愛過ぎるぞ、くそ！」

ぎゅうぎゅう抱き締めて、布団の上を転がり回って怒る月影に、幸之助は首を傾《かし》げる。月影が何を怒っているのか分からない。

「あの、話を戻しますが、私に至らぬことがありましたら、遠慮なくおっしゃって」

「む？　ぬしの至らぬところだと？　さようなもの……待てよ？　あ！　一つあった」

「！　そ、それは何でございましょう」

幸之助がせっつくと、月影はおもむろに「こっ幸之助」と名を呼んできた。とっさに返事をしたが、月影はなぜかムスッと口をひん曲げる。

「全く。ぬしはまだ気づかぬのか。鈍いにも程がある」

「え？　何のこと……って！」

必死に記憶を辿《たど》っていた幸之助は、ここではっと閃《ひらめ》いた。

「もしかして……私の名前を呼ぶ時、『こ』が一つ少なくなった？」

恐る恐る尋ねると、月影は「そうじゃ！」と鼻を鳴らした。

「ぬしが名前で呼んでほしいと言うてきたのであろう！　それゆえ、ぬしがおらぬこの三日間、空蟬をぬしに見立て、名を呼ぶ修練に励んでようやく『こ』を一つなくしたというに」

「ええっ？　三日間も、そんなことに？」

あまりの言葉に、幸之助は素《す》っ頓狂《とんきょう》な声を上げた。

祝言を挙げて一年。いまだに恥ずかしがって、布団の中以外では幸之助の名前を「ここ、幸之助」と口ごもり、まともに呼べないというのはどうかと思ってはいたが……。

——坊ちゃまは、一生里人の前に出ぬほうがよろしいですな。夢を壊さぬためにも。

げんなりとした空蟬の姿が思い返される。確かに、三日間もそんなことに付き合わされたら、そう言いたくなるのも無理ないかもしれない。だが、月影は至極真剣だ。

「そんなこととは何じゃ！　命がけだったのだぞ。何度、恥ずかしさのあまり憤死しそうになったことか」

「……ぷ！　あははは」

耳の中まで真っ赤にして抗議してくる月影に、幸之助はついに我慢できなくなり、声を上げて笑ってしまった。たかが名前を呼ぶくらいで、この男は何を言っているのだろう。

月影は「人の努力を笑うとは何事！」と、尻尾の毛を逆立てたが、すぐ幸之助と一緒に笑い出した。

「分かったか。俺の悩みなど、ぬしにとってはただの笑い話。それだけ、俺も幸せじゃ」

ぬしと同じようにな。そう言って笑った顔に、嘘は欠片《かけら》も見えない。

月影も、自分と同じように幸せに日々を過ごしてくれている。心からそう思うとたまらなくなって、幸之助は月影の胸に頰を寄せた。

ほうっと、深い溜息《ためいき》を漏らす。

今回の里帰り。福之助や里人たちに会えたことは嬉しかったけれど、神嫁のしきたりを終わらせても、これまでどおり里を護っていくと決めた白狗の月影と、白狗の贄として生まれながら、白狗の嫁となった己の宿命、責務の重さを、改めて痛感した。

自分たちが夫婦でいることは多くの意味を孕《はら》み、たくさんの思惑が絡んでいる。それを思うと、重圧で息が詰まりそうになる。

でも、月影といると、その息苦しさが嘘のように消えてしまう。二人一緒なら、何があっても大丈夫だと、何の根拠もないのに思うことができる。

（……私の運命のお相手が、月影様でよかった）

改めて、そのことを強く噛み締めた……のだが。

「坊ちゃま。またも奥方様と猿《ましら》のように睦《むつ》むおつもりなら、腹ごしらえなさってからにしてくださいませ。私、いい加減お腹《なか》が空《す》きました」

「わあ！　いつの間に入ってきた、この老いぼれ鴉！」

幸之助の着物を再び脱がそうとしていた手を慌てて引込め、月影はひっくり返った声を上げた。


翌日。幸之助は月影に抱えられ、月影の実家に向かった。

白夜に里帰りの報告をするためだ。

いくつもの切り立った山や崖《がけ》を越えていくと、山奥には場違いな、大名屋敷のように広大で豪勢な屋敷が見えてきた。加賀美の地を統治する狗神一族が住まう屋敷だ。

「月影様、神嫁様。ようこそいらっしゃいました」

立派な門の前に降り立つと、二人の門番が駆け寄ってきた。

二人とも、背が七尺もある大男だ。体格もがっしりしていて実に雄々しい。それに加え、肌は褐色、髪や耳、尻尾は茶色をしていて……これが本来の狗神の姿だ。人間よりはるかに大柄で体格もよく、毛は茶色い。

背が六尺ほどしかなく、骨格も華奢《きゃしゃ》で、色素の欠落した白狗の月影が彼らと並び立つと、とても異質で儚げに見える。

しかし、月影はそんな容姿とは裏腹の溌剌《はつらつ》とした笑みを浮かべ、尻尾をふりふり元気よく門番たちに答える。

「おう！　兵部《へいぶ》、兵吾《へいご》。ぬしたち、今日も見張りの仕事か。暑いのに大変だのう」

「お疲れ様です。あの。これ、うちの畑で採れた瓜《うり》です。よろしかったらどうぞ」

幸之助が抱えていた風呂敷包みの中から瓜を取り出すと、門番たちは嬉しそうに尻尾を振った。

「神嫁様、いつもありがとうございます。さあ、ここは暑うございます。どうぞ、中へ」

促され、門をくぐって中に入った二人は、奥の客間へと通された。

客間には、一人の狗神が座して待っていた。

歳の頃は二十代後半。生えた耳と尻尾の色同様、茶色の狩衣を優雅に着こなした、品のある佇《たたず》まい。白夜の右腕にして、月影の叔父《おじ》である黒星《くろぼし》だ。

「よく来ましたね、二人とも。しかし、あいにく白夜は急用で高天原《たかまがはら》に昇り不在です。代わりに、私がお相手いたします」

「そうですか。何卒《なにとぞ》、よろしくお伝えください。これ。里人に持たされた土産と、里長からの文です。どうぞ、お改めください」

幸之助は慇懃《いんぎん》に礼を述べ、恭《うやうや》しく土産と文を差し出した。

「これはご丁寧に。かたじけのうございます。しかし」

「あ。勿論、よもぎ餅も持ってきました」

幸之助が風呂敷包みから、今朝作ったばかりのよもぎ餅を取り出してみせると、黒星の尻尾が機嫌よく左右に揺れた。

黒星は幸之助が作るよもぎ餅が大の好物で、ここを訪ねる際は必ず作ってくるのが、暗黙の約束事になっている。

(月影様が甘い物好きなのは、黒星様に似たのかな)

早速よもぎ餅に手を伸ばす黒星に頬を綻《ほころ》ばせて思っていると、黒星はよもぎ餅を優雅に食しつつ、話を進めてきた。

「それで、里帰りはいかがでございましたか」

「はい。狗神様たちのおかげで皆、とても元気に過ごしておりました。作物のほうも青々と育って……秋のお供えを今年も楽しみにしていてくださいと、笑顔で申しておりました」

「それはよかった。実をいうと、里の作物のことを、白夜ともども心配していたのです。この暑さで作物が参っておるのではないかと」

「ふむ。確かに、今年の夏はいやに暑いのう」

陽光が燦々《さんさん》と降り注ぐ庭に目をやり、月影が両の目を細める。

「白夜の話では、魃《ひでりがみ》様がお忍びでこの地に遊びに来ておられるのではないかとのこと。遊ばれるのは構いませんが、程々にしてほしいものです。魃様はその名のとおり、ご自身の意思とは関係なく、その場におられるだけで日照りを招きますからね。長々と居座られると……おや？」

黒星が耳をピンッと立てる。ぱたぱたという軽い足音が聞こえてきたのだ。

『ついかえー！　こっこー！』

舌足らずで愛らしい声が響く。それを聞き、月影がおもむろに首を捻《ひね》る。

「前から気になっておったが、なにゆえぬしを『こっこ』と呼ぶのであろうなあ。俺のことは一応、『ついかえ』とそれらしゅう言えるというのに」

「え？　それは……」

「月影。それはあなたの呼び方、『ここ幸之助』が原因なのでは？　全く、いつまで経っても鶏みたいに、こここ、ここここ」

言い淀《よど》む幸之助の代わりに溜息を漏らす黒星に、月影の尻尾の毛が逆立った。

「それは……だ、だが叔父御、聞いてくれ！　この三日間の修練でついに『こ』を一つにまで減らすことができたのだ。どうだ、すごいであろう？」

「そうですか。でも、『こっこ』に変わりはありませんね」

黒星が月影の弁明をばっさり切り捨てた時。鼻先で器用に襖《ふすま》をこじ開けて、小さな栗色の子犬が、もこもこした体を揺らしつつ、よちよちと部屋の中に入ってきた。

「お……おお！　兄上ではございませぬか！」

月影がわざとらしい大声を上げて両手を広げてみせると、子犬はつぶらな瞳を輝かせ、月影の胸に飛び込んだ。

「わざわざおいでくださり、ありがとう……んん！　こら。まだ話しておる途中ですのに」

「ついかえ！　ついかえ！」

はち切れんばかりにくるんと巻いた尻尾を振り、月影の顔を小さな桃色の舌で舐め回すこの子犬は、月影の双子の兄、陽日《はるひ》だ。

月影と同じ十九歳だが、人間と同じ速度で歳を取る白狗の月影と違い、普通の狗神の陽日はまだ、人型に変化することもできない赤ん坊だ。その証拠に——。

「あれ、陽日様。これはどうなさったのです」

抱え上げられた陽日を見て、幸之助は目を丸くした。

狗型なのに、陽日の下半身に布が巻かれている。

「おむつです」

「おむつっ？　そんな、今まで穿《は》かせたことなんてなかったのに、どうして」

「何度叱《しか》っても、そこら中に粗相をいたすのです。どうも、自力で走り回れるようになったことが、用を足すのも失念するほど楽しいらしくて。全く、最近やんちゃが過ぎて困ります」

「そ、それは……大変で、ございますね」

幸之助は何とか黒星に同調してみせたが、視線はおむつに釘付けだった。

尻尾を振るたび一緒に揺れる、おむつを穿いてまん丸に膨れたお尻。可愛くてしかたない。

「ヨメ、顔に出ておるぞ」

「！　あ……も、申し訳ありません」

でれでれに緩み切った頬を月影に摘まれ、幸之助は顔を真っ赤にして平伏した。そんな幸之助を笑って、月影は再び抱えている陽日へと目を向けた。

「それにしても、兄上。辛《つろ》うございませぬか？　ただでさえ、このような毛むくじゃらの格好でお暑いでしょうに、おむつなど……ああ、中もかように蒸れて。むう。いっそ、雪でも降らぬかのう。さすれば、いっぺんに涼しくなるというに」

舌を出して、ハッハッと荒い息を漏らす陽日を袖で扇いでやりながら月影が呟くと、陽日が「きい?」と小首を傾げる。

「雪が分かりませぬか? 前にヨメとともに雪合戦したでしょう。……ほれ。ぎゅっとして、ぴゅーして、バシャ! と、やって遊んだ……こう。白《しろ》うて、ひやっとした」

陽日を膝の上に乗せて、月影が大げさな身振り手振りで説明する。傍《はた》から聞くと、まるで意味が分からないのだが、さすが双子というべきか。陽日には理解できたらしく、尻尾を振り、「はゆ、きい、しゅき!」と月影の膝の上でぴょんぴょん跳ねた。

「月影。願うなら、陽日のお漏らし癖が治るのを先にしてくれますか?」

「何を言う、叔父御。涼しゅうなれば、兄上だけでなく、この暑さに参っておる狗神も里人も助かる。どうせなら、いい思いをする者が多いほうがよかろう。のう、ヨメ」

「ふふ、そうですね。陽日様、雪が降ったらまた、雪合戦一緒にしましょうね」

幸之助が陽日の頭を撫でて、笑顔で語りかけた時だ。

「黒星様!」と、血相を変えた家人の狗神が客間に入ってきた。

「何事だ。騒々しい……」

「大変でございます。雪……雪が降ってきました!」

「ええっ?」

陽日以外の全員が思わずといったように声を上げ、慌てて外を見遣った。

すると、家人の言うとおり、茹《ゆ》だるように暑い夏の庭に、ひらひらと舞い落ちる牡丹雪《ぼたんゆき》が見えるではないか。

「これは、どういうことぞ」

「わ、分かりませぬ。白夜様のご命令どおり、陽光を遮る雲を呼ぶ術を施しておりましたら、いきなり……とりあえず、雪をやませようとしておりますが、術を跳ね返されてしまって」

「跳ね返される……どこぞからの襲撃かっ。急ぎ、白夜に使いを出せ。それから」

顔色を変えた黒星は立ち上がり、てきぱきと指示を出しつつ客間を出て行った。その後ろ姿を呆然と見送っていると、横にいた月影が声をかけてきた。先ほどまでとはうって変わった真剣な面持《おもも》ちだ。

「叔父御を手伝《てつど》うてくる。ぬしは事の仔細《しさい》が分かるまでここにおれ。そのほうが安全…わっ」

「ついかえ！　はゆ。きい、かっちぇん。しゅゆ！」

興奮気味に月影の顔を舐め回し、陽日がせっつく。どうやら、雪が降ったから月影と雪合戦ができると思ったらしい。

「あ、兄上。今それどころでは……む？　何やらほかほかと生暖かい……」

「ああ！　陽日様。興奮したからって、月影様の膝の上で粗相はいけませんっ」

その後、雪は黒星が祈禱《きとう》に参加したことで、すぐにやませることができた。

雪がやむと、黒星は屋敷の守りを固めさせるとともに、雪を降らせた術者の割り出しにかかった。真夏に雪を降らせるほどの妖力を持つ存在を捨て置くことはできない。

しかし、月影をはじめ、手の空いている狗神たちを総動員して調べさせても、術者を割り出すことはできなかった。

真夏に雪を降らせるほど強い妖力を持ったものが屋敷に近づけば、すぐ分かるように結界を張っていたはずなのに、何の反応も示さなかったのは元より――。

「術者の目的が分からないのです。雪を降らせた範囲が屋敷に限られていたので、我らを標的にしていることは分かるのですが、屋敷を雪で埋もれさせるつもりなら、空気も冷たくする必要があるのに、それはしようとせず」

結果、いくら雪を降らせても、この暑さでは地面に落ちる前に解けてしまい、雪が積もることはなかった。

「一体、何がしたかったのでしょう。熱で雪が解けることを知らぬわけでもあるまいに」

夕方。一息ついた黒星が幸之助に説明しながら首を捻っていると、そばで眠っていた陽日が、突然むくりと起き上がった。

「ととさま、ととさま」

ぱたぱたと襖のほうに駆けて行く。見ると、陽日を抱き上げる狗神の姿があった。

歳の頃は三十代前半。腰まで伸びた艶やかな黒髪、黒い獣の耳と尻尾に、漆黒の狩衣に身を包んだ赤日の狗神。狗神一族の長にして、月影と陽日の父である白夜だ。

「知らせを受け、急ぎ戻った。どういうことか説明いたせ」

隙のない洗練された所作で腰を下ろし、膝の上に陽日を乗せると、白夜は静謐《せいひつ》で厳《おごそ》かな口調で黒星を促した。

黒星が仔細を説明する間、白夜は顔色一つ変えず淡々と話を聞いていたが、雪が降り始めた時の話を聞いた瞬間、形の良い眉がわずかに動いたように、幸之助には見えた気がした。

「それで、今後のことですが、術者探しはいかように」

「捨て置け」

白夜の掌に小さな身を無邪気に擦りつける陽日を見つめつつ、白夜がひっそりと呟く。

「雪を降らせたとはいえ被害は出ておらぬし、他に何かしてくるわけでもない。なら、放っておいても害はなかろう」

「それはそうですが……分かりました。兄上が、そう申されるなら」

納得のいかない表情を浮かべていたが、結局何も言わず黒星は白夜の言葉に従った。幸之助と同じように、白夜から、有無を言わせぬ何かを感じ取ったからかもしれない。

そうして、その日の警戒態勢は解かれ、幸之助たちは普段の生活に戻った。

だが、その後も雪は何度も降った。それどころか、桜や椿《つばき》などの季節外れの花が咲く珍現象まで起こるようになった。

それだというのに、白夜は「害がないから捨て置け」の一点張りで、この件を一切問題視しようとしない。

「父上に何かお考えあってのことだと思うが、このまま捨て置いていいのか」

怪異のことを話し終えた後、月影は憤った声で呟いた。確かに、いくら害がないとはいえ、得体の知れぬ相手にここまで好き勝手されて放っておくのはおかしい。

（義父上様は、一体何を考えていらっしゃるのだろう）

あの日、ふと見せた白夜の憂い顔を思い浮かべ、幸之助は首を捻った。

そして――。

「ぬしに、話しておかねばならぬことがある」

雪の一件から七日後の深夜。食後のたんぽぽ茶を差し出していると、月影が改まったように声をかけてきた。いつになく、緊迫した面持ちだ。

幸之助は事の重大さを察し、黙って月影の前に正座した。

「今日、町へと下る道を塞いでおった大岩や大木が、綺麗《きれい》にどかされていたことが分かった」

「それは、月影様が先日、討伐隊の皆様と道の整備をせねばならぬと話されていた道のことですか？　でも、その道は狗神様十人をもってしても、三日はかかると」

「本来ならな。それに、そのような大人数が三日もこの地に居座れば、絶対に気づく」

「そ、それって」

恐る恐る尋ねると、月影はびくりと尻尾を震わせた。

「しかもな、大岩も大木も、全て近くの崖にめり込んでおった。まるで、崖に思い切り叩きつけてめり込ませたように」

「……そんな、こと」

「うむ。恐ろしい怪力じゃ。そうして……雪を降らせ、花を咲かせておるのも同一人物であろうと、叔父御が申しておった」

月影は居住まいを正し、凜とした面差しで幸之助を静かに見据えてきた。

「恥を承知で言う。その者は俺よりも強い。妖術においても、力においてもな。その上、何を考えておって、次に何をしでかすか分からん。ゆえに、その者がもし、また何かしてくるようなことがあったら、ぬしを屋敷に預ける。よいな」

「……月影様は、いかがなさるのですか」

「ぬしを預けるほどのことになれば、俺もここに帰ってこれぬ。ゆえに、気にするな」

「……承知、いたしました」

深々と頭を下げ、声を振り絞って何とか答える。

本当は、頷きたくなんかない。夫が強大な力を持った得体の知れないものに立ち向かうことになった時、嫁の自分だけがおめおめと安全な場所に行くなんて、耐えがたいことだ。

だが、ここで駄々を捏《こ》ねてどうなる。月影を困らせるだけだ。

（……我慢だ。今は、我慢だ）

もし、その得体の知れぬ何かの正体が分かり、少しでも自分が役に立てることがあると分かったら、その時は……ライフルを担いででも何でも、夫の元に馳《は》せ参じる！

胸の内で決意を固めていると、頬に何かが触れてきた。月影の掌だ。

「ぬしはまた、物騒なことを考えておるだろう」

「！　そ、そのようなことは……っ」

反論しようとしたが、突然月影に腕を引かれ、抱き寄せられてしまった。

「嘘を吐《つ》くな。さしずめ、ライフルを担いで参戦する気でいるのであろう？　全く、顔はこのように穏やかで愛らしいというに」

からかうように頬を突《つつ》かれて、幸之助は頬を膨らませた。

「か、顔がどうであろうと、嫁であろうと、幸之助は男でございます！　大事な人を守るために戦いたいと思うのは、男の性《さが》で……んっ。つきか、げさ……ゃ。まだ、お話、が」

「大事な者のために戦いたいと思うのが男の性なら、大事な者を抱きたいと思うも男の性ぞ」

可愛い奴め。抱き締められ、唇を啄《ついば》まれる。愛おしげに見つめてくる月影の甘い視線に、幸之助はたちまち、体どころか心まで熱くなった。

「月影様。もっ、と……もっと、幸之助を……ぎゅって、してください」

先ほど聞かされた話のせいか、月影がひどく恋しく思えて、懸命にしがみつくと、ますます強く抱き締められ、床に押し倒された。

「ぁ……月影、様。月影様……っ」

「ん……幸之助、大事じゃ。ぬしが、死ぬほど大事……」

「らいじぃ？」

「そうじゃ。大事……へっ？」

突如聞こえてきた舌足らずな声に、弾かれたように顔を上げる。すると、首を傾げ過ぎてころんと床に転がる陽日がいたものだから、二人は悲鳴を上げた。

「坊ちゃま。真夜中に大声を出されていかがなされ……おや、陽日様がなにゆえここに？」

ねぐらである屋根裏から顔を出した空蟬が、陽日の姿を見て目をぱちくりさせた。

「う、空蟬。ぬしも知らぬのか？　ぬしのいたずらということは」

「心外でございます。私が、坊ちゃまをからかうためだけに、このような新月の夜に、十里以上離れたお屋敷から、わざわざ陽日様を連れてくるような阿呆《あほう》に見えますか？」

「まあ、確かになあ。ということは、兄上をここまで連れてきたのは……っ」

「はゆ。ついかえ、こっこ、うーたんとねゆ！」

緊張した面持ちであたりを見回す月影の膝に、陽日がよちよちと駆けてきてしがみつく。

あまりに無邪気な陽日の様に、月影は緊張した表情を緩め、苦笑した。

「何にせよ。ご無事でよろしゅうございました、兄上。……そうですな、今宵は皆で、ともに寝ましょうか？」

「おやおや。私もご一緒してよろしいのでございますか？」

「兄上のご希望じゃ。しかたあるまい。ただし、父上たちに使いを出してからぞ」

「心得ております」と頭を下げ、空蟬はちょんちょん飛んで庵を出て行った。

「使い……陽日様がここにおられることを知らせるだけでよろしいのですか？」

「うむ。誠は、すぐ屋敷にお連れするのが一番じゃが、かような新月の夜に、兄上を連れて山道を歩くのは危険過ぎる。明日の朝、日が昇ってからお連れする。ぬしとともにな」

「！　私も……ということは」

「うむ。やはり、明日からぬしを預かってもらう。空蟬が使いを出して戻ってくるまでに、用意しておけ」

強い口調で言われて、一瞬言葉に詰まった。

とはいえ、相手が一族の大事な御曹司である陽日を、屋敷から連れ出すようなことまでしてきた以上、月影の判断は至極当然のことだ。しかたがない。

そう自分に言い聞かせ、幸之助は黙って頷いた。


皆で寄り添って眠った翌朝、幸之助は月影と陽日とともに屋敷を訪れた。

今日からしばらくの間、幸之助がそばにいるぞと月影に教えられた陽日は、「こっこ、いっちょ！」とはしゃいで抱きついてきてくれたが、月影が危ない仕事に向かうのだと思うと、どうしても気持ちが沈んでしまう。

「月影様、お待ちしておりました！」

屋敷の門の前に降り立つと、兵部と兵吾が慌てて駆け寄ってきた。最初は、陽日の安否を一刻も早く確認したいためだと思ったのだが、

「早くこちらへ。先ほどからお待ちでございます」

「俺を？　父上がか？　……わっ！」

「と、とにかく早く！」

どうやら陽日ではなく、月影に用があるらしい。でも、こんな朝早くに誰が？

首を捻りつつ、引っ張られていく月影の後を、幸之助は陽日を抱えて追いかけた。

「お！　参ったな」

客間に入った途端、鈴の鳴るような声がして、月影の元に駆け寄って来る者があった。

前髪を垂らした稚児髷《ちごまげ》頭に、上等な水干《すいかん》を着た六、七歳くらいの童子《どうじ》だ。

「ふむ、ふむ。なるほどなあ」

「む！　何じゃ、坊主。藪《やぶ》から棒にじろじろと」

「月影」

虫眼鏡《むしめがね》まで出して見回してくる童子に月影が面食らっていると、そばに控えていた黒星が窘めてきた。その横には白夜もいる。

「そのお方は、今回の怪異の原因を調べにきてくださった七福神の一人、福禄寿《ふくろくじゅ》様です。坊主などと呼んではいけません」

「ええっ？　七福神って、このような童子が」

「それが狙いです」

また、別の童子の声がした。洋装姿の丸眼鏡の童子が、手に持った紙の束に何やらしきりに書き込みながら近づいてくる。

「我々を直接知らない者は、このような幼気《いたいけ》な童子が七福神とはまず思わない。そうすればこれ以上、新規の仕事が増やされることはない……」

「うーむ。確かに仕事は山積みだが、『福禄寿様ですか？』と言われて、違うと嘘を吐くのはさすがに悪いと思うぞ、ジュロタン……っ！」

「誰のせいだと思ってんです！」

ジュロタンと呼ばれた丸眼鏡の童子が眦をつり上げ、福禄寿に詰め寄る。

「あんたがお人好しな性格よろしく、何でもかんでも安請け合いするのがいかんのでしょう！　しかも、自分は引き受けるばっかりで、やるのは全部この私！　今のこの調査だって、ようやく大黒《だいこく》と恵比寿《えびす》から押しつけられた仕事の片がついたから、のんびり温泉にでも行こうと話してた矢先に、毘沙門《びしゃもん》から引き受けてきやがって！　全くふざけんじゃないですよ！」

「ひい！　じゅ、ジュロタン、許して。後で肩揉んであげるから」

「私のご機嫌取ってる暇があったら、さっさとこの仕事を終わらせてください。ほら！」

（す、すごく主《あるじ》に厳しいご家来衆だなあ）

福禄寿の尻を容赦なく叩いて促すジュロタンなる童子を見て、幸之助が内心呆気に取られていると、ジュロタンがおもむろにぎろりとこちらに目を向けてきた。

「あなた、今。私のことを、フクタンのお付きか何かと思ったでしょう？」

「えっ？　フクタン……ひっ！」

「いいですか！　私は七福神の一人、寿老人《じゅろうじん》。決して！　こんな困ったちゃん極まりないフクタンのお付きなんかではないので、努々《ゆめゆめ》あしからず」

「まあまあ、ジュロタン。いくら七福神の中で一番影が薄いこと気にしてるからって、そんな幼気な子に当たり散らすのは……」

「フクタン！　何怠《なま》けてるんです。ほら、仕事」

またも福禄寿の尻を叩く寿老人に、福禄寿は口をへの字に曲げた。

「もう調べ終わったのだ！　で、ジュロタンの予想どおり、やはり犯人はこやつじゃった」

「……へ？」

突然、福禄寿に勢いよく指差され、幸之助はぽかんとした。福禄寿はそんな幸之助など意に介さず、ひらりと袖を翻《ひるがえ》して、控えていた白夜たちのほうへと向き直った。

「よいか。此度《こたび》の騒動は全て、こやつが引き起こしたことだ。とはいえ、この者に悪気はないので許してやって」

「お待ちください！」

戸惑う幸之助を背後に隠しつつ、月影が福禄寿の言葉を遮った。

「何かの間違いです。この者は人間にて、雪を降らせたりなど、できるわけが……いって！」

「何を言うておる」

必死に弁護する月影の頭を扇で軽く叩き、福禄寿が眉間《みけん》に皺《しわ》を寄せる。

「誰がその人間が犯人と言うた。わしが犯人だと言うたのは、こやつぞ」

そう言って、福禄寿は手を伸ばしてきたかと思うと、幸之助が抱えていた陽日の首根っこを摑《つか》み、摘み上げるので、黒星が目を丸くした。

「陽日が？　そんな、陽日は赤子ですぞ」

「確かに、普通の赤子なら到底無理じゃ。だが、こやつはただの赤子ではない。稀狗《まれく》じゃ」

「……まれ、く」

「福禄寿様」

ここで、それまで黙っていた白夜が一歩前ににじり出た。

「確かに、稀狗は数百年に一度の天才です。されど、いくら稀狗といえど、赤子にここまでのことは……っ」

言葉の途中で、白夜が……いや、その場にいた全員が息を呑んだ。

福禄寿が摑んでいた陽日を無造作に、庭にある大きな岩へと投げつけたのだ。

陽日は「きゅう！」と小さな悲鳴を上げ、石つぶてのごとく飛んでいった。

しかし、その体が岩に叩きつけられそうになった瞬間。あたりにつんざくような雷鳴が轟《とどろ》き、天より巨大な雷《いかずち》が落ちてきた。

あまりの眩《まぶ》しさに、幸之助は目を閉じた。

次に目を開いた時、見上げるほど大きかった岩は跡形もなく姿を消し、岩があった場所に陽日が行儀よくお座りして、尻尾を振っていた。

そのふさふさした尻尾からは、小さな稲光《いなびかり》がぱちぱちと音を立てて光っている。

「なんと……陽日は、稀狗様であったか」

掠れた声で呟く黒星に、寿老人が「これは異なことを」と眉を顰《ひそ》める。

「あなた方は今まで一度も、あの子が稀狗だと疑ったことはなかったのですか？　双子の片割れが白狗だったら、もう片方は十中八九稀狗だと知らないわけでは」

「そ、それは……」

押し黙っている白夜を一瞥《いちべつ》し、黒星が口ごもっていると、

「俺のせいです！」

黒星に詰め寄る寿老人の前に、月影が慌てて立ち塞がり、平伏した。

「俺は、その……こう見えてもすさまじい問題児でして！　生まれてこの方、父や叔父に迷惑ばかりかけてきました。それゆえ、兄上のことまではとても気が回らず」

懸命に進言する月影に、幸之助ははっとした。

（月影様、義父上様を庇ってらっしゃる？　でも、そのような言い方をされたら月影に責が及ぶのでは？　と、はらはらしていると、福禄寿が目をぱちくりさせた。

「問題児……ああ。そちはもしや、贄にべた惚《ぼ》れして、喰うのが嫌じゃと駄々を捏ねた挙げ句、無理矢理娶ったという噂の白狗か？」

福禄寿がいきなりそんなことを言い出した。そんなものだから、思わず――。

「お、恐れながら！」

幸之助は二人の元に駆け寄り、月影の隣に平伏した。

「どこでお聞きになられたのか存じませんが、それは間違いです！　月影様は、これからも里人と狗神が仲良く関わっていけるよう慮《おもんばか》って、神嫁のしきたりをおやめになられたのです。私を娶ってくださったのも、嫁となって夫を支え、里を護るお手伝いがしたいという私の意を汲んでくださったからで」

ポポポポポポポ……ンッ！

「！　何の音……わっ。何です、あのたんぽぽ」

庭一面に咲いたたんぽぽに、寿老人はぎょっと目を見開いた。

「あ、失敬。ただ、その……娶るよう宿命《さだめ》られた相手が、かように良き嫁で、俺はなんという果報者なのかと思うと、つい……へへへ」

幸之助は口をあんぐりさせた。せっかく、必死に助け舟を出しているというのに、当人が真っ赤になった顔をでれでれに緩ませて、そんなことを言ったりしたら——。

「何じゃ。やはりべた惚れではないか」

「惚れるなというほうが無理でございます！」

呆れたように声を漏らす福禄寿に、月影はなぜか偉そうに胸を張った。

「働き者で、飯が美味うて、気立てが良うて、その上！　ご覧のとおり、この世で一番愛らしいとまで来ている。そのようなヨメを前にして、どうして惚れずにおれましょう」

「つつつ月影様っ！」

臆面もなくとんでもないことを言い出した夫の袖を、幸之助は慌てて掴んだ。

「このようなところで、なんということをおっしゃるのです！　福禄寿様たちに失礼……わ」

「馬鹿者。そのような愛らしい顔を人前で晒《さら》すな。減る！」

真っ赤になった幸之助の顔を己の胸に抱き込み、月影が口をへの字に曲げる。

瞬間、福禄寿が声を上げて笑い出した。

「ははは！　これは確かに、とんでもない問題児じゃ。目が離せぬ」

腹を抱えて笑う福禄寿に、月影は「恐縮です」と尻尾をふりふりぺこりと頭を下げた。

「こら、得意げな顔を致すな。そちのせいで此度の騒動が起こったのだぞ」

「はい。反省しております。ゆえに、俺の面倒は以後、ヨメに見させます」

月影が宣言すると、福禄寿は笑いを堪《こら》えつつ再び白夜へと振り返った。

「白夜よ。聞いてのとおりじゃ。そちは以後、あの稀狗の養育に専念するように」

「……福禄寿様。しかし」

「稀狗は常人離れした力を有する存在。力が表面化してしまった今、育て方を間違えれば、とんでもない厄災となります。どうぞ、そのことを肝《きも》に銘じ、大事にお育てください」

何かを言いかける白夜に、寿老人が念を押す。

白夜はなおも何か言いたげな表情を浮かべていたが、しばらくして唇を噛みしめると、「承知、いたしました」と、深々と頭を下げた。


「こっ幸之助。なぜずっと黙りこくっておる。どこぞ具合でも悪いのか？」

屋敷からの帰り道。底の見えぬ深い谷を飛び越えながら、月影が抱えた幸之助を気遣わしげに覗き込む。

幸之助は赤らんだ頬を膨らませ、ぷいっとそっぽを向いた。

「こ、幸之助は怒っているのです！　福禄寿様たちにあのようなことを言うなんてっ」

「む？　俺は真実《まこと》のことを申したまでぞ。悪いことは何も……ふふん。またそのような愛らしい顔をしくさりおって。可愛い……ああ。さように怒るな。よいではないか。結果的に事は丸く収まったのだからな」

「それは、まあ……そうですけど、でも……わっ！」

幸之助は悲鳴を上げて、月影にしがみついた。月影が突然、空高く飛び上がったかと思うと、空中で一回転してみせたのだ。

「ははは。しかし、よかったのう。件《くだん》の犯人が兄上で。ぬしを屋敷に預けずにすんだ」

実を言うと、ぬしと離れ離れになるのが嫌でしかたなかったのだ。そう囁いて、嬉しそうに頬ずりしてくる月影に、幸之助も小さいながら「私もです」と返事をした。

「大事にならずにすんで、本当にようございました。でも……これから、どうなるのでございましょう？　陽日様が稀狗様と分かって、何か変わるようなことは」

「それは……ある程度、変わるであろうなあ」

少しの逡巡《しゅんじゅん》の後、月影はそう答えた。

「稀狗とは、数百年に一度の天才じゃ。才能と努力次第では、我らが主、山神様をも越えると言われておる」

「そ、そんなにすごいのですか？」

「ああ、すごい。それゆえ、狗神全員から期待を寄せられる。皆、兄上を見る目が変わるし、兄上の今後を見越して、すり寄ってくる輩《やから》も増えよう」

思わず息を呑んだ。

狗神全員から期待を寄せられる。それがどれだけ恐ろしいことか、物心ついた時から里人からの期待を一身に背負い、神嫁として生きてきた幸之助には痛いほど分かったから。

ここでようやく、幸之助は白夜が物憂げな表情を浮かべていた意味を理解した。

(義父上様は、陽日様のこれからのご苦労を思い、愁《うれ》えていらっしゃったんだ)

陽日が稀狗だと薄々気づいていても、はっきりさせることができなかった白夜の気持ちを思うと胸が痛む。

「周囲は変わる。だが、我らまで変わる必要はない。よいな」

凛とした声で言われたその言葉に、幸之助は深く頷く。

そうだ。周囲がどれだけ、陽日を稀狗としてしか見なくなっても、自分たちは陽日自身を見つめ、今までと変わらず接し続ければいい。それが何よりも心強いと、神嫁としてではなく、幸之助自身を見てくれ、愛してくれた月影から教わった。

「はい。陽日様が何であろうと、陽日様は陽日様です」

力強く返事をしてみせる。すると、なぜだろう。突然、月影が歩みを止めた。

「……何であろうと、兄上は兄上」

「？　月影様。どうかなさいました……」

「……なあ、幸之助」

ひっそりとした声で呼びかけられ、一瞬息が止まった。月影が珍しく、幸之助の名前をさらりと呼んできたからだ。

「今宵、仕事より戻ったら、俺の毛を梳《す》いてくれぬか？」

柔らかな笑みを浮かべ、静かに尋ねてくる。それは、よく見知ったもののはず。

でも、何だか――。

「え？　あ……は、はい。用意しておきます。でも、あの……っ」

「はは！　久しぶりの毛づくろいじゃ。楽しみだのう」

幸之助からさっと目を逸らし、月影が再び駆け出す。その横顔にはもう、いつもの無邪気な笑みが浮いていたが、幸之助の胸はざわついた。

(何だろう。さっきの月影様、いつもと様子が違っていたような)

何がどうと言われると困るのだけれど。そう思っている間に、たんぽぽに囲まれた我が家が見えてきた。

「よし！　着いたぞ。では、こっ幸之助。俺は勤めに行ってくるゆえな」

「は、はい。いってらっしゃいませ……あ」

俺の前で下ろされながら言われて反射的に頭を下げたが、次に頭を上げた時にはもう、月影の姿はなくて……。

「おやおや。何ともお早いお帰りで」

一人庭で立ち尽くしていると、背後から声がした。振り返ると、庵の中からちょんちょん飛んで出てくる空蝉の姿が見えた。

幸之助が屋敷であったことの顚末《てんまつ》を話して聞かせると、空蝉は「ははあ」と唸《うな》るような声を上げた。

「それはまた、何とも面倒なことになりましたなあ」

「やっぱり、なりますか」

「はい。福禄寿様たちは、口が紙風船のごとく軽うございますからね。このことは近く、高天原にまで知れ渡ることとなりましょう。そうなると、ろくでもない輩が陽日様に群がって……白夜様、陽日様が稀狗であることを隠ぺいするために色々動かれていたのでしょうが、坊ちゃまを気遣うあまりしくじりましたな」

「……え」

戸惑いの声が漏れる。どうして、そこで月影が出てくるのか。

「おや？　奥方様、ご存じないのですか。稀狗は母胎にて、双子の片割れの全てを奪い尽くすことで、絶大な力を手に入れると」

「！　全てをって……それは、どういう」

「文字どおり、全てです。腕力、妖力、知力、寿命……ありとあらゆるものを奪い尽くし、残るのは真っ白な残骸だけ。そう言われております」

「真っ白……で、では、月影様が白狗として生まれてきたのは」

「陽日様が坊ちゃまの力を奪い尽くしたからです」

きっぱりと言い切られ、全身総毛立った。

双子の片割れが白狗だったら、もう片方は十中八九稀狗だと、寿老人から聞いてはいたが、まさかそういう理由があっただなんて！

「月影様は、このことをご存じなのですかっ？」

「さて。坊ちゃまの口から直接聞いたことはございませんので何とも。しかし、今知っていようがいなかろうが、これから嫌でも思い知ることとなりましょう。何の役にも立たぬ白い残滓《ざんし》……『残白《ざんぱく》』。狗神様たちは侮蔑《ぶべつ》を込めて、稀狗の片割れをそう呼んでございますゆえ」

奥方様も、ある程度はご覚悟を。呆然とする幸之助に、空蟬はそろりと言った。


「こっ幸之助。毛づくろいはまだか」

夜、幸之助が食後のたんぽぽ茶を淹《い》れる準備をしていると、背後から駄々っ子のような声が聞こえてきた。見ると、虎《とら》を一回り大きくしたくらいの巨大な白狗が行儀よくお座りして、大きな尻尾でぱんぱん床を叩いている。

狗型に変化《へんげ》した月影だ。毛づくろいのために、もう変化してしまったらしい。

「もうですか？　食後のお茶を飲まれてからでも……わ！」

「待てぬ。ほら、毛づくろいするぞ」

背後から袴の紐を咥《くわ》えられたかと思うと持ち上げられ、幸之助はそのまま縁側に連れて行かれてしまった。

「たんぽぽ茶、飲んでくれないんですか？」

「後で飲む。早くいたせ」

幸之助を縁側に下ろすと、幸之助を抱き込むようにして寝転がる。

幸之助は「もう」と苦笑しつつ、用意しておいたお手製ブラシの一つを手に取ると、艶やかな白い毛を梳き始めた。

広い背中を皮切りに、毛がもつれやすい脇や内股《うちもも》をブラシが引っかからないよう慎重かつ丁寧に梳いて、最初の頃「ぬしが相手とはいえ、かような屈辱的な格好はせん！」と駄々を捏ねて絶対見せてくれなかったお腹の、柔らかくて触り心地のいい毛の部分を梳いていると、月影が髭《ひげ》をひくひくさせ、「むう」と気持ちよさそうに声を漏らした。

「今宵は何やら、いつもよりやたら心地よい気がするぞ」

「ふふ、分かりますか。実はブラシを改造してみたんです」

ライフルで仕留めた猪《いのしし》の毛を使って作ってみたと正直に言ったら、「また危ないことをして！」と怒り出しそうだったので、端的に答えると、月影は機嫌よくぱたぱたさせていた耳の中を赤くさせ、ポポンとたんぽぽを二輪咲かせた。

「ぶ、ブラシにまで気を遣うとは、ぬしは相変わらず几帳面じゃ」

「そんな……毛づくろいは狗にとってとても大事なことと承っております。ですから、手なんて抜けません。……さて、次は尻尾を出してください」

梳いたばかりのお腹をぽんぽん叩いて促すと、月影の耳が下がった。

「む。尻尾は……今日はよい！」

ずっとはち切れんばかりに振られている尻尾を丸めて隠す月影に、幸之助は首を振った。

「駄目です。今日こそはします。いいですか？　絶対動かしちゃ駄目……わ！　はは。もう、動かしちゃ駄目って言ってるのに」

今の状況が嬉しくてしかたないのか。ポンポンたんぽぽを咲かせてぶんぶん揺れる尻尾に抱きつき、幸之助は笑い声を上げた。

月影は「できぬことを強請《ねだ》るでない」と不貞腐《ふてくさ》れた声を漏らしたが、すぐに大きな舌で幸之助の頬を舐め、じゃれついてきた。その姿を見ていると――。

「む？　いかがした」

「いえ……ちょっと、懐かしくなったんです。昔も、こんなふうに月影様と遊んだなって」

「……ああ。そういえば、そうだったのう」

今から十一年前。里近くの山中で、幸之助は罠《わな》にかかった一匹の子犬を拾った。雪のように真っ白い毛をしていたから「雪《ゆき》」と名付けて、それはそれは可愛がった。

その子犬が、未来の夫だとは知らぬまま。

「あの頃の月影様、今とは違う意味で可愛《かわゆ》うございました」

たんぽぽの綿毛のようにもふもふ、ころころした小さな体。くりっとした大きな目。桃色の肉球。ぽっこりと膨れたお腹などを思い返し、うっとり呟くと、月影は「むう……」と唸り声を漏らした。

「あの頃の俺を、まだそのように言うのか？　俺が、ぬしに会いに行った理由を知っても」

いつもの快活なそれとは違う、奥歯に物が挟まったような言い方。

無理もない。あの時、月影が幸之助の元にやって来たのは、十八の神嫁の儀まで待っていられず、幸之助を喰うためだったのだから。

そんな月影に、幸之助は小さく笑う。

「だって、月影様は私にひどいこと、一つもしなかったじゃないですか。それどころか、月影様をどこにでも連れ回す私を嫌がらず、仲良うしてくれて……嬉しかった」

あの頃、幸之助は寂しかった。

神嫁は神からの預かりものだからと、肉親とは縁を切られたし、里長をはじめとする里人たちも大事に育ててくれたが、あくまでも神嫁として扱い、幸之助自身を見てはくれなかった。だから、犬でも幸之助自身を見てくれ、懐いてくれた「雪」が愛おしくてしかたなかった。そして、それは……。

「俺もじゃ。ぬしは、俺に普通に接してくれた。憐《あわ》れな白狗としてではなく、俺自身を見て慕うてくれた。それが、すごく……嬉しかった」

そう……月影も寂しく、辛かったのだ。

生まれつき病弱で、誰よりも弱い体。皆と違う容姿。周囲から向けられる、憐れみと侮蔑の視線。

白狗として生きることが、哀《かな》しくて辛くて、一刻も早く今の状況から逃げ出したくて、幸之助を喰いに来たのだ。と、そこまで考えて、幸之助は唇を噛んだ。

――白狗として生まれてきたのは、陽日様が坊ちゃまの力を奪い尽くしたからです。

「俺はな」

幸之助が押し黙ってしまったことに気づかず、月影がぽつりと独りごちる。

「動機は恥ずべきことだが、あの時里に下りてよかったと思うておる。父上は俺に気を遣うて、外のことを何一つ教えてくれなんだゆえ、それを知るきっかけを作れた」

その言葉に、幸之助の心臓は大きく鼓動を打った。

普通、辛い境遇に身を置かれていたら、どうすればそこから逃げ出せるか、そればかり考えてしまうものだ。現に自分はそうで、神嫁が本当は贄だと知ってからは、どうしたら喰われずにすむか、それしか考えられなかった。

しかし、月影は違った。

昔の人間は狗神の力になれることに誇りを持ち、喜んで身を捧げてくれたのに、なぜ今は嫁入りと偽らなければ逃げ出してしまうほど、心変わりしてしまったのか。

その原因を探るために、月影は人間のことを調べた。そして、今のまま文明が進んでいけば、五人目の贄を出してもらう二百五十年後を待たずして、里から贄を出してもらえなくなるという結論を導き出し、神嫁の儀を終わらせるべきだと主張した。

白狗は一度人間を喰ってしまったら、途中でやめることは絶対にできない。今のうちにやめておかなければ、いずれ里と狗神の関係は崩壊し、大変なことになると。

多くの狗神が反対した。中でも、白夜は頑《かたく》なに月影の考えを突っぱねた。

愛する我が子が自分より先に老いて死んでいくのを見たくないからという親心もあったが、それに加え、元白狗で、里人を喰って普通の狗神になった過去が、白夜の心に暗い影を落としていたのだ。

守護すべき里人を喰らうくらいなら白狗のままでいいと思っていたのに、里を護るために力をつけてくれ。喰ってくれと里人たちに強く請われ、身を切る思いで里人を喰った白夜。

それだというのに今になって、里人は自分たちの仲間を喰わせてまで、狗神の力を必要としなくなった。息子に里人を喰わせるのは諦めろと言われて、簡単に納得できるわけがない。

そんな白夜を、月影は根気強く説得した。

己の死をもって、狗神の役に立ちたいと思ってくれた昔の里人たちの気持ちも尊いが、生きて、狗神を支えたいと願う今の里人たちの気持ちも同じくらい尊いではないかと。

ここまででもすごいことだが、月影は幸之助をちゃんと娶って養えるよう、血の滲《にじ》むような努力を重ね、妖術は覚えられなかったが、並の狗神以上の力を手に入れてしまった。

本当にすごい男だ。自分など、足元にも及ばない。そう、心から思うのに、

「だが、一番よかったのは、ぬしに出会えたことじゃ」

とても嬉しそうな声で、この男はそんなことを言う。

「神嫁がぬしだと知らなければ、俺はきっと、神嫁の儀を終わらせ、生涯白狗として生きねばならぬ己の宿命を、受け入れることはできなかった。……ありがとうな？」

ぬしのおかげで、俺は幸せぞ？　瞳だけで微笑み、頬を舐められる。

同時に、軽やかに鳴り響く、たんぽぽが咲く音。

月影が純粋に、心から喜んでいる音だ。

その音に、鼻の奥がつんとなる。

本気で、言ってくれている。「普通」になる手段を自ら断ち、生涯、忌み嫌った白狗として生きていかなければならなくなっても、幸之助のおかげで自分は幸せだと。

「ありがとう、ございます。私も……月影様のおかげで、幸せです」

掠れた声で囁いて、月明かりにきらきらと輝く白銀の毛に指を絡めた。

途端、月影の大きな耳が忙しなく動いた。

「む……何じゃ、その触り方は」

「いえ。相変わらず、綺麗だなと思って」

思ったままを口にすると、月影のもふもふした耳の中が真っ赤になるとともに、ポポポンとたんぽぽが三輪咲いた。そんな月影を見ると、何だかたまらなくなった。

今、何を考えているの？　陽日様が稀狗と聞いた時、どう思ったの？

そんな問いが喉元まで出かかる。けれど……。

――何の役にも立たぬ白い残滓……『残白』。狗神様たちは侮蔑を込めて、稀狗の片割れをそう呼んでございます。

幸之助は唇を噛みしめると、月影の首にしがみつき、ますます赤くなった耳に唇を寄せた。

「好きです、月影様のお色。月明かりよりも温かくて優しい。この世で一番綺麗な、この色が大好きです」

伝えずにはいられなくて、臆面もなく素直な気持ちを夢中で囁く。

昼間、空蟬から聞いた言葉を振り払うように。

瞬間、月影の全身の毛が逆立ったかと思うと、月影が人型《ひとがた》に変化した。

「月影様？　どうして……んんっ！」

「馬鹿者。かようなことをぬしに言われて、抱き締めずにおれるかっ」

性急に体を掻き抱かれ、唇を重ねられる。

逞しく力強い腕。温かな体温。美しい白銀の容姿。そして、愛らしくも崇高な魂。

どれもこれも尊く、愛おしくてしかたない。

これらのどこが、何の価値もない残滓だというのか。

(月影様は、価値あるお方です。絶対、残滓なんかじゃない！)

こんなこと……月影が、自分が白狗に生まれた理由を知っているか否か分からない今は言えない。もし知らないなら、一生涯知らないままでいてほしい。

けれど、もしそのことで傷つき、落ち込む時が来たら、その時は全力でこの気持ちを伝え、月影を支える。自分は、月影の嫁だから。

月影の愛撫に懸命に応えながら、幸之助は胸の内で固く決意した。


これから面倒なことになる。

空蟬の言葉どおり、福禄寿たちが来た日以来、屋敷では大変なことになったらしい。

陽日が稀狗だったと福禄寿たちが言いふらしたせいで、大勢の者たちが屋敷に押しかけて

きたのだ。

稀狗を一目見たいという野次馬から、前途有望な陽日と今のうちに懇意にしておきたいという下心を持った者まで、様々な神々が連日やってくる。

白夜たちは日々その対応に追われ、うんざりしているらしい。

とはいえ、幸之助の日常はと言えば、拍子抜けするくらい今までと変わらなかった。

陽日にしか興味がない者たちがこの庵に来るわけがないし、自分にできることがあるならお手伝いに……と、思っていた矢先、白夜から、神には色々な方がおられるゆえ、しばらく屋敷には来ないよう文を寄越されてしまったからだ。

義父たちが大変な時に何もできないのは心苦しいが、自分が行けば余計な面倒事が増えてしまうのであれば、ここで大人《おとな》しくするより他なかった。

では、屋敷に行かないまでも、毎日山の見回りに出て行く月影はどうなのかと言うと、

「ヨメッ！　今日も飯が美味《うま》過ぎるぞ」

上機嫌に尻尾をふりふり……まるでいつもどおりだ。それどころか、陽日のことが気になるだろうと言って、同僚から聞いたという陽日の近況を逐一教えてくれる。

その内容も、陽日を見るため久しぶりに人間界に降りてきた神様の失敗談や、陽日と客人との愛らしいやり取り、陽日が偉い神様に褒められて我が事のように誇らしいという、聞いていて微笑ましく思えるものばかりだった。今日も今日とて、

「そういえば、兄上がまたやらかしたらしいぞ」

「！　またでございますか」

客の足に粗相をしたとか、客の頭に花を咲かせたとか、色々聞いてきたが今度は何だろう。

「先日、お隣の和泉《いずみ》の里の長様が、我らと同い年のお子、梓《あずさ》様を連れてこられての。『ぜひ梓を陽日様の嫁に』と言うてきたらしい」

「よ、嫁って……そんな、陽日様はまだ赤ん坊でございます」

あまりにも気の早過ぎる話に幸之助が目を丸くすると、月影も頷いてみせる。

「父上もそう思われてな。断ろうとしたのだが、梓殿の顔を見た瞬間、兄上は全身の毛を逆立て、特大の雷をズガガン！　と落とされてな」

雷？　意味が分からず首を傾げると、空蟬は「ははあ」と得心したように笑った。

「陽日様、梓様に一目惚れでございますか」

「どうもそうらしい」

「ええっ？　ひとめ……陽日様はまだ赤ん坊でございます」

「赤子だろうと何だろうと、惚れたものはしようがあるまい。現に、兄上は梓殿にひどくご執心で、『はゆのあずしゃぁ～』と抱きついて片時も離さぬらしい」

「ははあ。まるでどこぞの坊ちゃまのようでございますなあ」

陽日の物真似までして説明する月影に、空蟬がちくりと口を挟む。

「む？　馬鹿を申せ。いくら俺でも、ヨメを無断で拉致《らち》してきたりせん」

「拉致っ？　陽日様が？　でも、梓様のお家は和泉の里なのでしょう？」

「うむ、ここから何十里も離れておる。その上、兄上は和泉の里に行ったこともない。どうも、梓殿の残り香を頼りに探し当てられたようで。稀狗とは鼻もすごいのだな」

いや、注目するべきはそこではないような？　と、訝しむ幸之助に気づかず、月影はそのまま話を進める。

「とにかく、兄上が梓殿にぞっこんゆえ、父上は断り辛《づろ》うなってしまわれたらしい」

「では……陽日様は、その梓様とご結婚なされるのですか？」

「いや、今は何とか有耶無耶《うやむや》にしているらしい。赤子の一時の気まぐれで嫁を決めてしまうのは早計過ぎるとな」

「正論……で、ございますが、坊ちゃまたちを見ておりますと、何と言いますか」

ジト目で月影と幸之助を交互に見遣る空蟬に、月影は不快げに眉を寄せた。

「何じゃ、その目は。俺がヨメに惚れたのも赤子の気まぐれと申すか。心外な！　俺がヨメに惚れたのは八つの時で、惚れたのも見目《みめ》ではなく、その心根に惚れ……」

「ほほほ。八つなど、小便臭い餓鬼《がき》に色恋の何が分かりましょう」

「む！　む！　ぬしに色恋の何たるかを語られたくないぞ、このろくでなし鴉！」

いつもの賑《にぎ》やかな夕餉。変わらぬ日常。しかし、幸之助は笑いながらも、月影の様子を注意深く観察していた。

皆に注目され、早過ぎる縁談まで舞い込んでくる陽日。

その裏で、月影が何か言われていないか。傷ついていないか。

月影はよく言えば誇り高い、悪く言えば一人で全てを抱え込んでしまう性格だと知っているだけに不安になる。

(どうか、月影様が悲しい隠し事をしていませんように)

今日もちゃんと聞こえてくるたんぽぽの咲く音に耳を澄ませ、心の中で祈った。

だが、それから数日後。今以上の心配事が舞い込んできた。

「……魔物の数が、増えてる?」

明け方近くに戻ってきた月影から聞かされた言葉に、幸之助は唇を震わせた。

「魃様の話を覚えておるか?」

「はい。お忍びで遊びに来られたせいで、芽吹きの術や天候を操り雨を降らせても、作物が参ってしまいそうなほど、暑くなってしまって困ると」

「狗神の加護がある里でさえそうなのだ。加護のない里や村ではひどい飢饉に見舞われ、多くの死者が出たそうじゃ。その死者の怨念が魔物と化し、我ら以外の狗神一族が守護する里を荒らし回って大変なことになっておるらしい」

幸之助は息を呑んだ。黒星から魃の話を聞かされた時は、困った神様だなと思う程度で聞き流したが、まさかそんな危険を孕んでいただなんて。

「救援の要請があちこちから来ておる。特に、香澄の里……雪月様のお里はかなり切迫しておるらしい」

「雪月様……この間いらした方ですね」

「雪月様は近く、最後の神嫁の儀を行うことになっておられる。それで……あ。すまぬ」

月影は気まずそうに言葉を濁した。神嫁の儀が行われるということは、神嫁が喰われることを意味している。それでも、幸之助は小さく首を振ってみせた。

物心ついた時から花嫁修業に励んできたのに、喰われることになる神嫁のことを思うと、同じ神嫁として胸が痛む。でも、一度人を喰ってしまったら、最後までやめることはできないし、里と狗神がこれからも繋《つな》がっていくためには、しかたがない。

（……しかたない。そう、しかたないんだ）

「……そうか。それでな、そのような時に大事が起こってはならぬゆえ、明日より香澄の里へ行ってくる」

「分かりました。では、しばらくお帰りにならないのですか？」

「いや、できるだけ帰ってくる気ではおる。だが、帰りは遅うなるし、帰れぬ日もあると思う。俺がおらぬ時に何かあったら、空蟬の指示に従え。よいな」

「はい。家は空蟬さんと二人でしっかり守ります。安心してお出かけくださいませ。それと……神嫁たちのためにも、どうか香澄の里をお救いになってくださいませ」

思わず、そんな言葉を口走っていた。

もう、雪月に喰われるより他ない神嫁。それなのに、里が滅んでしまっては、かの人の……いや、今まで香澄の里から捧げられた贄たちの犠牲は全くの無駄になってしまう。それでは、あまりにも悲し過ぎる。

そんな幸之助の懇願に、月影は「当たり前じゃ」と力強く答えてくれた。

その翌日から、月影は物々しく武装して出かけて行くようになった。帰りは遅く、大怪我を負わないまでも、ぼろぼろになって帰ってくる。

そんな月影を幸之助は毎晩起きて待ち続け、帰ってきたら甲斐甲斐《かいがい》しく世話を焼いた。

勿論、いくら待ち続けても結局帰ってこなくて、朝を迎えてしまうことも幾度もあった。

月影は自分のことは待たなくていいから寝ろと言ってくれたが、それは聞けない頼みだった。

「……また、今夜も寝ずに待っておったのか」

「はい。お仕事、ご苦労様でし……っ」

「……ほんに、ぬしは馬鹿者じゃあ……」

出迎える幸之助の顔を見るなり抱きついて、安堵《あんど》の溜息を吐いてそのまま事切れたように眠ってしまう。そんな月影をどうして放っておけよう。

(月影様、相当疲れていらっしゃる)

無理もない。恐ろしい魔物と戦うだけでも命がけだというのに、一族の代表としてよその里の狗神とともに戦うのだ。さぞ、気苦労が多いに違いない。

それでも、月影は愚痴《ぐち》も泣き言も一切言わない。それどころか……。

「こっ幸之助！　雪月様の里を襲っておった魔物、今日で全て蹴散らすことができたぞ」

「本当ですかっ？　それはようございました」

「うむ！　一時はどうなるかと思うたが、雪月様……誠によかったあ……は！　駄目じゃ。まだ救援の仕事が残っておるというに、気を抜いて。いかんいかん……ぎゃ！」

「ああ！　月影様、怪我してる頬を叩いたら駄目ですよ」

と、ますます気合いを入れる始末だ。

そんな月影の負担を減らせるよう、幸之助はできるだけ考えうる限りのことをした。

傷に効く薬草を探し歩き、滋養のある料理を作り……けれど、どんなに頑張ってもちっとも満足できなかった。

帰ってきたら、すぐ泥のように眠ってしまう痛々しい月影の姿を見たら、とても――。

（もっと、滋養のあるもの……本当は、熊肉を食べさせてさしあげたいけど、夏の熊は美味しくないんだよな。……ああ。救援のお勤め、早く終わらないかな）

このままだと、たんぽぽがなくなっちゃう。

とある昼下がり。庵裏の庭先で、たんぽぽ茶を作るために、残り少ないたんぽぽを摘みながら、肩を落としていると、「こっこ〜！」と、舌足らずな呼び声が聞こえてきた。

顔を上げ、幸之助は目を丸くした。

灰色の何かを咥えて、よちよちと走ってくる陽日の姿が見える。

「陽日様！　どうなさったのです？　その……」

「こっこ！　はゆの。はゆの、あずしゃ！」

興奮気味に言って、陽日が咥えていたそれを地面に下ろす。

小さな陽日よりさらに一回り小さい体。灰色のもふもふした毛並。垂れた耳。陽日とお揃いのくるんと巻いた尻尾。上目遣いに見上げてくる、うるうるとしたつぶらな垂れ目。

（……か、可愛い！）

あまりの可愛さに、幸之助は思わず灰色の子犬、梓を抱き上げた。

「……きゅぅう。……は、ゆ……はゆ、しゃま！」

潤んだ瞳をさらにうるうるさせて、梓が小さな身を震わせた。初めて見る幸之助に戸惑い、怖がっているらしい。

「大丈夫です、梓様。何も、怖がることなんてない……ええっ？」

梓をあやしていた幸之助は、ぽっこり膨れたお腹の下にあるものを見つけて目を剝いた。

「奥方様、大きなお声を出されて、どう……おや。それが噂の梓様でございますか？　ふむ。陽日様、なかなか趣味がよろしいようで」

「う、空蟬さん！　これ見てください。梓様、男でございます！」

梓の下腹部を指し示してみせると、空蟬はカアカア鳴いた。

「おやまあ。陽日様も男好きでございますか？　何もそこまで坊ちゃまに合わせることはないでしょうに」

「そ、そんなことより、いいのですか？　男同士では、子孫を残せない……っ」

「こっこ！　あずしゃ、かえちて」

もう我慢できなくなったのか、陽日が袴を咥えて引っ張ってくる。

幸之助が梓を地面に下ろすと、梓はすぐ「はゆしゃまぁ」と陽日の元によちよちと駆け寄り、身をすり寄せた。

陽日は梓の頭を小さな前足で撫で、潤んだ眦をあやすように舐める。そしたら、梓もお返しするように、桃色の舌で陽日の頰をぺろぺろ舐めて……どうやら、陽日の一方的な片思いではないらしい。

仲睦まじい姿はとても微笑ましいのだけれど……と、眉を寄せる幸之助に空蟬が笑う。

「奥方様、心配はご無用です。男同士でもお子はできます。梓様は灰狗《はいく》でございますから」

「……はい、く？」

「梓様のような、灰色の毛の狗神様のことでございます。この灰狗、力はございませんが、繁殖能力に長《た》けておりまして、同性同士でも子ができる上に、産んだ子は強い力を持って生まれてくるのです。ですから、和泉の長様は梓様を嫁にと勧めていらっしゃったのです」

「はあ……色んな種類の狗神様がいらっしゃるのですね……っ」

「こっこ。ついかえ、ろこ?」

幸之助の袴の裾をもう一度咥えて引っ張り、陽日が尋ねてくる。

「あ。申し訳ありません、陽日様。月影様は今、お勤めに出られておりまして……あ」

「ついかえええ! はゆの、あずしゃ!」

再び梓を咥えて、陽日が庵の中に入っていく。梓を月影に見せたくてしかたないらしい。

(陽日様。本当に、月影様のことがお好きなんだな)

月影を一生懸命探し回る陽日の姿を見て改めてそう思い、幸之助は嬉しくなった。月影も陽日のことが大好きだと、よく知っていたから。

このまま、いつまでも兄弟仲良くいられたら。そう、胸の内で思っていると、

『おいっ、見つけたぞ!』

突然、聞き覚えのない男の声が聞こえてきたものだから、幸之助は肩を震わせた。

『本当だ。梓様、陽日様。ここにおられましたか。探しましたぞ』

『そのような小さな体で、梓様を咥えてこのようなところまで。さすが稀狗様でございます』

(……誰?)

幸之助が身を硬くしていると、空蟬がちょんちょんと飛んでいき、庵の中を覗き見た。

「ははあ。あれは、和泉の里の狗神でございますな。長様の命を受け、梓様たちをお迎えに来たのでございましょう」

「あ、そうなんですか？　でしたら、お茶の一つでもお出ししたほうが……」

『ところで、この雑草だらけのぼろっちいあばら家は何だ』

踏み出しかけた足が止まってしまった。

『ついかええ！　ついかええ！』

『ついかえ？　……ああ。もしかしてここは残白の家ではないか？』

……残白。

『残白の？　……確かにな。贄にまんまと籠絡《ろうらく》された挙げ句、嫁にするような恥晒しを隠しておくには、うってつけの場所だ』

（ろう、らく？　私が？　月影様を……？）

『しかもその贄、男というではないか。男の色仕掛けなどに籠絡されるとは、その贄の手管《てくだ》が巧みなのか、残白の頭が空っぽなのか。どちらにしろ、ふしだらなことよ』

『白夜様も冷淡に見えて寛大なお方よ。本来なら、事故に見せかけて殺しておくものじゃが……まあ、それだけどうしようもない阿呆で生まれてくるほど、稀狗様に力を捧げたと思えば。と、大目に見ておられるのかのう』

（な、に……？　あの人たち、何……言ってるんだ）

あまりにもひどい暴言に頭がついていかず、その場に立ち尽くすことしかできない。

『うーん、だがな。実はそうでもないらしいぞ』

心底忌々《いまいま》しげに、声が唸る。

『あの残白、どうも並の狗神以上の力があるらしい。救援で訪れた香澄の里で、獅子奮迅《ししふんじん》の働きをしてみせたそうでな』

『なんと！　浅ましい』

混乱しながらも、幸之助は顔を輝かせた。月影が褒められたと思ったのだ。けれど。

……浅ましい。

『稀狗様の片割れでありながら、力の全てを稀狗様に捧げずに生まれてきたばかりか、その力をみだりにひけらかすとは、みっともないにも程がある』

『千二百年ぶりにようやくお生まれになった稀狗様というに……そう言えば、二百数十年前に生まれるはずだった稀狗様は死産で、残白が元気に生まれてきたんだったな。全く、残白の分際で。片割れは片割れらしく身の程を弁《わきま》え、稀狗様に全てを捧げ尽くして死ねばよかったのだ』

全身が、滑稽なほどにがくがくと震えた。

（浅ましい？　身の程を弁えろ？　死ね？　ふざけるな……ふざけるな！）

月影が並の狗神以上に強いのは、血の滲むような努力を続けてきたからだ。救援先で懸命に働くのも、その土地の狗神と里人を守るためで、決して己の力を誇示したいからではない。

(月影様は毎日、ぼろぼろになるほど一生懸命頑張っていらっしゃるのに!)

あまりの怒りで眩暈《めまい》がした。

気がつけば、幸之助は一歩足を前に踏み出していた。

庵の中に入ると、開け放たれた縁側から見える庭先に、陽日たちにしゃがみ込んで話しかける、二人の狗神の姿が見えた。

「さあ。お二人とも帰りましょう。このような場所におられては、お二人の品位が下がる…」

「どちら様でございましょう」

二人が弾かれたように顔を上げ、こちらを見た。その二人を真っ直ぐに見据えたまま平伏し、幸之助はもう一度口を開く。

「この庵の主、月影の嫁、幸之助と申します」

名乗った途端、二人は顔を青ざめさせた。先ほどの会話を聞かれたと思ったらしい。

「わ、私どもは、あの……和泉の里の狗神にて、梓様と陽日様をお迎えに」

「そうですか。お暑い中、お疲れ様でございます。どうです? お茶でも一杯」

にっこりと笑みを浮かべて朗らかに問いかける。瞬間、相手は思わずといったように、一歩後ずさった。

「い、いいえ。我ら、急いでおりますので。それでは」

「こっこ。またね」

狗神に抱えられた陽日が、桃色の肉球を見せて前足を振る。幸之助が笑って手を振り返すと、狗神たちはそそくさと帰っていった。

遠ざかっていく狗神たちの背中を見届けた後、幸之助は庭に出て、先ほど狗神たちが踏みつけていたたんぽぽに手を伸ばした。ずっと、気になっていたのだ。

「よう、耐えられましたなあ」

たんぽぽを労《いた》わるように撫でる幸之助の背に、空蟬がそっと呟く。

「……さっきの、あの人たちの顔、見ましたか？」

「はい」

「おかしかったですね。ついさっきまで、あんなに好き勝手言っておいて、当人を目の前にした途端、あんなに怯えて……はは。どっちが、みっともないんだか。ははは」

乾いた声で一頻《ひとしき》り嗤《わら》う。嗤うだけ嗤った後。

「あんな連中の言葉に、嫁が取り乱したとあっては、月影様の恥となる。そうですよね？」

「御意。されど」

珍しく、空蟬が翼を羽ばたかせた。幸之助の目の前に降り立った時、そのくちばしには手《て》拭《ぬぐ》いが咥えられていた。

「涙をお流しになるのも、不要でございます。あのような輩に、もったいのうございます」

手拭いを膝の上に置かれる。それでようやく、幸之助は自分が泣いていることに気づいた。

そしたら、余計に泣けてきて、幸之助は両手で涙に濡れた顔を覆った。

「申し訳、ありません。私が、こんな、泣いたら……月影様に、悪い……ううう」

「……ようございます、ようございます」

必死に泣きやもうとする幸之助に、空蟬は普段からは想像もできない優しい声を漏らした。

「申し訳ありません。空蟬が、間違《まちご》うておりました。……お泣きなさい。心行くまで……坊ちゃまがお帰りになるまでに、全部出し切ってしまいなさい」

促された瞬間、もう我慢できなくなって、幸之助は声を上げて泣いた。

月影を堕落させた悪妻だと思われていたことが悲しいこと、同じ兄弟なのに月影が可哀想だということなど、月影には到底言えない想いを、血を吐くような思いで吐露した。

そんな幸之助に、空蟬はただ「そうですなあ」とだけ返しつつ、そっと寄り添い続けた。


「奥方様、こちらをどうぞ」

夕方。ようやく落ち着いていて一息ついていた幸之助に、空蟬が再び手拭いを差し出してきた。

受け取ってみると、湿っていて暖かい。

「しばらく目に当てておいてください。さすれば、目の腫れも引きましょう」

言われたとおり目に当ててみる。泣き過ぎて腫れた目に、手拭いの暖かさが心地いい。

「落ち着かれましたか？」

「……はい。それに……先ほどのことで、ちゃんと理解しました」

「理解……と、申されますと？」

聞き返され、幸之助は少し身を硬くした。小さく息を吸い、ゆっくりと口を開く。

「つ、月影様は……ご自分が白狗として生まれてきた理由を、知っていらっしゃる。先ほどのような、心ない陰口も、きっとお耳に届いていらっしゃる」

「はい」

震える声で断言する幸之助に、空蟬が即答する。その淡白さに肩を震わせながらも、幸之助は続ける。

「月影様は、私とは比べものにならないくらい辛い思いをされてる。無理、してる」

「はい」

「それでも、月影様は今のお勤めを続けていかれるしかなくて、私は……今のように、お世話をすることしかできない」

「はい」

「……ありがとう。よく、分かりました」

ここで、幸之助は息を止めた。自分を落ち着けるように深く息を吐き、顔を埋めていた手拭いから顔を上げると、空蟬に体ごと向け、居住まいを正した。

「それでは、私はこれまでどおり……いえ、今まで以上に、誠心誠意月影様のお世話をいたします！」

自分に言い聞かせるように宣言する。

月影は今、とても辛い思いをしている。だが……だからといって、それが何だというのだ。辛いから何だ。今のお役目を投げ出すのか？　世間の目から逃れ、この庵に閉じこもる？そうすれば、月影は苦しみから解放される？

答えは否だ。いくら逃げても状況は変わらないし、何より月影の心は救われない。

悲しみに浸っていたって、物事は何一つ変えられない。現状が気に入らないのなら、どんなに辛くても立ち向かい、足掻《あが》き続けるのみ。

月影は今までそうやって生きてきた。今も、その生き方を貫《つらぬ》こうとしている。

中傷を恐れるあまり、職務を投げ出したり、困っている友を見捨てるなど言語道断。そんな決然たる思いを胸に、救援に向かったろう月影。

そんな夫を、どうして止めることができよう。

（私は、月影様を止めることはできない。だって、私は……）

そんな月影の廉直《れんちょく》さが好きだから。と、心の中で独りごちた時だ。

『ご免！』

外から声が聞こえてきた。この声、覚えがある。月影の同僚の狗神の声だ。しかも、その声はどこか切迫しているような？

訝しみながらも返事をして外に出てみる。

幸之助は瞠目《どうもく》した。大きな茶色の山狗《やまいぬ》二頭に背負われた白狗が見える。

「神嫁様、すぐに床《とこ》の準備していただけますか。ひどい熱なんです！」


月影が目を覚ましたのは、同僚の狗神に送り届けられてから二日も過ぎた夜のことだった。

うっすらと目を開いた月影は、虚《うつ》ろな瞳をしばし彷徨《さまよ》わせた後、「ふふん」と機嫌よく鼻を鳴らした。何がおかしいのか尋ねると、「嬉しいのだ」と返される。

「夢の中でな。ずーっとぬしと過ごしておった。ともに花を見たり、釣りの競争をしたり、兄上が打ち上げてくださった花火を見たり……楽しかった」

弱々しい声で語られる夢の話に、幸之助は頬を綻ばせた。

この二日間、月影はずっと魘《うな》され続けていた。残白と蔑《さげす》んできた狗神たちが夢に現れたのだろう。そんな目で俺を見るな。と、しきりに譫言《うわごと》を言っていた。

数刻前にようやく安らいだ寝息を立てていたので、安心していたが――。

「わあ。そのように色々？　月影様ばかり、ずるうございます」

（よかった。いい夢しか、覚えてなくて）

ずっと握り続けていた月影の前足に頬を寄せ、胸を撫で下ろしながらも、幸之助が少し拗《す》ねた表情を浮かべてみせると、月影は両の目を細めた。

「しかしな。あまりに楽し過ぎて……もう終わりなのかと寂しく思うておるところで、夢から覚めたのだ」

夢でよかった。と、嬉しそうに耳をぱたぱたさせていたが、すぐにピンッと耳を立てる。

「おお。言うのを忘れておった。他の里を荒らしておった魔物の討伐が、ようやっと終わった。それでな。明日より三日間、お休みをいただいたのだ！　ゆえにな、ぬしは三日間ゆっくりいたせ。夜遅くまで俺を待って疲れておろう？　俺がいっぱい労《ねぎろ》うて……む？」

月影は不思議そうな声を漏らした。どうやら、起き上がろうとしているのに体が言うことを聞かないらしい。

「月影様、ご無理をなさらないでください。月影様は今、ご病気なのですから」

「病気……じゃと？」

「はい。人型を保っておれぬほど、体も衰弱しております。なのでどうか、安静に……っ」

幸之助は息を呑んだ。見上げてくる月影の瞳が、ひどく不安げに揺れたからだ。

「俺はどうやって、ここに帰ってきた？　今、何日じゃ？　どこから……夢じゃった？

……まさか、魔物の討伐が終わったのも、雪月様の里をお守りできたのも、全部夢……っ！

こうしてはおれんっ」

「月影様っ、落ち着いてください！」

何かに追い立てられるようにして、よろよろと立ち上がろうとする月影の首にしがみつき、必死に宥《なだ》める。

「大丈夫です。月影様は討伐のお仕事が終わったことで緊張の糸が切れて、その場で倒れてしまわれたのです。討伐は終わっております。決して、夢ではありません！」

緊張で強張《こわば》る体を擦《さす》って言い聞かせると、月影の体からようやく力が抜けた。

「そう、か……ちゃんと、終わっておるか。よかった」

独り言のように呟き、床に崩れ落ちる。その痛々しい姿に息を詰めるとともに、月影を送り届けてくれた同僚たちの話が脳裏を掠める。

——香澄の連中、月影様を見るなりこう言ったのです。『残白を寄越してくるとは、白夜殿は我らを愚弄しておるのか』と！　さらには、『この機に乗じて、その残白を始末するおつもりか。お気持ちは分かるが、するならよそでやってくれ』などと言ってきた！

同僚たちは憤慨したが、相手にはこちらの怒りが、まるで理解できないようだった。

これが、残白への当然の対応だ。なのに、何を怒っているのかと。

——それを聞いた時、我々は帰ろうとしました。月影様をあのように愚弄する輩など、助ける価値などないと……！　されど、月影様が言うのです。我らが帰ってしまっては、多くの狗神と人間を死なせることになる。堪えてくれと、頭まで下げなさる。

——それから、月影様はようお働きになりました。ご自分の危険も顧みず、魔物に立ち向かい、香澄の連中を助けて……それだというに、あやつらは最後まで、月影様への態度を改めようとはしなかった！

それどころか、残白に助けられたとあってはいい恥晒しだ。残白が救援隊に参加していたことは、どうぞご内密に。などと言ってきた。

他の里でも、大なり小なり同じような対応だった。

また、月影と同じ白狗たちが、月影のことを激しく詰ってきたのだという。

お前が色恋などに浮かれて、神嫁のしきたりをやめたせいで、自分の里でもやめることになった。どうしてくれるのだと。

月影が本当の理由を説明しても、里人が贄を拒むという確証はあるのか。もし、お前の予想が外れていたらどう責任を取るつもりだと喚《わめ》き散らし、そんなに気に入らないのなら、自分の力で神嫁のしきたりを復活させればいいだろうと返せば、白狗の自分にそんな力があるわけないだろう。稀狗から力のおこぼれをもらって、強く生まれて来れたお前には分からないと吐き捨てられる。

——誰も彼もに責められて……月影様がお労《いたわ》しくてしかたありません。

その悲痛な叫びは、実に雄弁にこれまでの月影の苦労を思い知らせ、幸之助の心をズタズタにした。

月影が辛い思いをしていないか、細心の注意を払っていたつもりだったのに、なんという様だ！

自己嫌悪と罪悪感で心が潰れそうだったが、幸之助は懸命に笑顔を作り、できるだけ明るい声で月影に語りかける。

今はとにかく、疲れ果てた月影を極力労わってやりたい。

「ゆっくりお休みください。喉が渇いているようなら、お水を」

「こう、のすけ」

幸之助の袖を咥えて、月影が小さく名前を呼んできた。

「俺を、好きと……言うてくれぬか」

「……え」

「ぬしに、そう言うてもろうたら、俺は……いくらでも、頑張れるゆえ」

このような病もすぐに治せる。弱々しくも凛とした声音に、胸を突かれる思いがした。

こんなになるまで頑張っておいて、まだ頑張りたい。励ましてくれと強請る。

どうして、この男はこうなのだろう。やるせない思いでいっぱいになる。だが、それ以上に溢れ出てしまうのは、

「なあ。幸之助……っ」

「嫌です」

どうしようもない、愛おしさだ。

「む。なにゆえじゃ」

「言ったら、月影様は頑張ってしまわれるのでしょう？　病人は頑張るものではありません。だから、言いません」

ぷいっとそっぽを向いてみせると、月影は困ったように唸った。

「むう。確かにそうだが……俺は早く治りたいのだ！　せっかくお休みをいただいたというに、これではぬしに何もしてやれん！」

「……何を、してくれるつもりだったのですか？」

ずり落ちた布団をかけ直してやりながら尋ねると、月影は目をキラキラと輝かせ、「ふふん」と得意げに鼻を鳴らした。

「まずは、向日葵《ひまわり》の花畑に連れていってやろうと思うておった。たんぽぽの親玉のような花ゆえ、ぬしも好きであろう？　夜は、虫の音が綺麗な野原じゃ。それから」

次から次へと口にする。その間にも、ポンポンたんぽぽの咲く音が軽やかに響いて……どうやら、計画を話すだけでも嬉しくてしかたないらしい。

そう思ったらたまらなくなって、幸之助は月影の首に再びしがみついた。

「む？　いかがした……」

「好き」

美しい白銀に顔を埋め、くぐもった声を漏らす。

「月影様、大好きです」

噛みしめるように囁く。

実を言えば、月影が眠っている間、幸之助は怖くてしかたなかった。

もし、月影が弱音を吐くようなことがあれば、全力で受け止め、慰めようと思った。

でも、ひどく苦しげに魘される月影を見ていると、幸之助の心は濁流のように激しくのたうった。こんなにも辛そうな月影を見たのは、初めてだったから。

今回のことは今までにないほど、月影の心を深くえぐったに違いない。

和泉の里の狗神たちが話していたようなことを、直《じか》に言われる月影。その光景を想像するだけで、怒りで我を忘れそうになる。

月影を傷つける者は、誰だろうと許せない。二度と月影を傷つけられないようにしてやりたい！

と、そこまで考えて、幸之助はひどく狼狽した。

今まで、このように苛烈《かれつ》な感情を抱いたことなどなかったから。

よくないことだ。やめなければ。と、何度も思った。

心ない中傷にムキになるなんて、みっともないだけだし、何より……月影はそんなこと望んでいない。

だが、いくら自分に言い聞かせても、思わずにはいられなかった。

悲しい。悔しい。憎い。許せない。

こんなどす黒い感情に心を蝕《むしば》まれた状態で、月影から「辛かった」と打ち明けられたら、自分はどうなってしまうのだろう。

それを思うと、言いようもなく怖かった。

けれど今、朗らかに笑い、いつもどおり……こんなにも無邪気に真っ直ぐ「お前が好きでたまらない」という気持ちを全身で示されると、憎悪に漬かりかけていた心が、どんどん洗われていくのを感じた。

月影が傷つけられた怒りを治めることができる。月影とともに笑い合える。

（駄目だな、私は。今一番辛いのは月影様で、辛いことがあるなら打ち明けてほしいと申し出るべきなのに。でも……）

「ふふん。俺を好きと言うたな！」

「はは……言っちゃいました。月影様が、可愛過ぎて」

ポポポンとたんぽぽを咲かせ、尻尾の先を動かす月影の首にしがみつき、幸之助が小さく笑うと、月影は不満げに髭をひくつかせた。

「むう。『可愛い』はよせと、いつも言うておろう」

「ふふ、申し訳ありません。つい」

「全く。……なあ、今一度言え。ぬしの『好き』は、俺には一番の薬ぞ」

よろよろと立ち上がり、幸之助を抱き込むようにして再び寝そべって強請ってくる。そんな月影に、幸之助はそっと身を寄り添わせた。

「……愛しい月影様。……好きです。お慕いしております」

恥じらいながらも小さく囁くと、月影はうっとりと目を瞑《つむ》り、耳をぱたぱたさせた。その、何とも幸せそうな姿がどうしようもなく可愛くて、愛おしくて……だから。

――片割れは片割れらしく身の程を弁え、稀狗様に全てを捧げ尽くして死ねばよかった。

「……っ！　早く……早く、元気になってくださいね？」

頭の中で鳴り響く嘲笑を……そして、心の内でくすぶる怒りの炎から逃げるように、温かくて触り心地のいい、もふもふの体に顔を埋め、くぐもった声で囁いた。


それからも、幸之助《こうのすけ》はつきっきりで月影《つきかげ》の看病に励んだ。

意識は戻っても熱がなかなか下がらなかったり、想像以上に体が衰弱していたりと、予断を許さない状態が続いたからだ。

できることと言ったら、月影の体が冷えないように温めたり、話し相手になったり、嫌がる月影を宥《なだ》めすかして空蟬《うつせみ》特製の薬草粥《やくそうがゆ》を食べさせたりと、あまり大したことはできなかったけれど、思いつく限りのことを寝る間も惜しんでやった。

月影の意識が戻ってから三日目の朝。月影は人型《ひとがた》に変化《へんげ》できるほどに回復した。

食欲も戻ったようで、用意した朝餉《あさげ》をもりもり食べてくれた。

「ふう、やはりヨメの飯は美味《うま》いのう。あの糞不味《くそまず》い粥の後だと余計美味く感じる」

「なんと。坊ちゃま、あんまりでございます。私、坊ちゃまに一刻も早くようなってもらおうと、味を完全度外視してまで、体によい粥を作りましたというに」

「やはり！　わざと不味う作ったな。薬となれば、どんなに不味うても俺が食わねばならぬと見越して」

「ほほほ。とんでもない。良薬口に苦しと申しますので、それに倣《なら》ったまでのこと」

空蟬の返しに毛を逆立てて怒る。

飯を食い、空蟬と喧嘩《けんか》できるくらいには回復した。ひとまずは安心だ。

しかし、ここで油断してはならない。引き続き、注意深く経過を見守らなければ。と、幸之助が内心気を引き締めていると、月影がとんでもないことを言いだした。

「さて。病も治ったことだし、今日より出仕する」

立ち上がりながら言われた言葉に、全身の血の気《け》が引いた。

「あ、あの……ご出仕は、まだ早いのでは？」

「む？　なにゆえじゃ」

せっせと出仕の準備をしつつ真顔で聞き返され、幸之助は困惑した。

「月影様はまだ病み上がりです。昨日まで、人型に変化することもできませんでした。ここで無理をされては、またすぐに体を壊してしまいます。ですから、大事を取って……」

ただただ月影の身を案じての進言だった。だが、月影はこちらを見ようともしない。

それどころか――。

「そのように悠長なことは言っておれん」

「悠長なんて。私は、ただ」

「いや、ぬしは分かっておらん。ここに籠《こも》っておるばかりのぬしには分からぬかもしれんが、かような時に五日も休むなど、本来あってはならぬことなのだ」

「……っ！」

ぞわりと、血液が波打った。

ここで暢気《のんき》に家事だけしている分際で、余計な口を出すな。そう言われた気がしたのだ。

確かに、自分は外のことをほとんど何も知らない。かろうじて入ってくる情報と言えば、自分は己命欲しさに月影を籠絡《ろうらく》させた悪妻だと陰口を叩かれているだとか、月影が稀狗《まれく》の片割れということでひどい仕打ちを受けているという……聞くだけで辛くなることばかり。

本音を言えば、今すぐここを飛び出したい。家事だけではなく、もっともっと色んなことで月影の役に立ちたい。

でも、自分は月影の嫁で、家を守り、夫の体調を気遣うことが責務だ。それを投げ出しては、月影の役に立つも何もない。

そう、自分に言い聞かせて、懸命に家事を頑張ってきた。しかし、「家に籠っているだけのお前には」などと言われてしまっては——。

（じゃあ……どうすればよかったの？　どうすることが、月影様にとって一番よかったの？）

あまりの衝撃に呆然《ぼうぜん》としてしまい、今まさに出て行こうとする月影に、何も言うことができずにいた……その時。

「坊ちゃま、奥方様のおっしゃるとおりでございます」

それまで黙っていた空蟬が、突然口を開いた。

「む？　何がじゃ、空蟬」

「五日休もうが十日休もうが、フラフラの病み上がりで出てこられても、かえって迷惑です。それに……坊ちゃまは目に入らぬのでございますか？　奥方様のおやつれぶりが」

「！　う、空蟬さんっ？」

予想だにしていなかった言葉に、幸之助ははっと我に返った。

「ここ最近、奥方様は一睡もせず、坊ちゃまの無事を祈り、お世話や看病をされて……常人であれば、とっくの昔に倒れておるほど頑張っておられました。その奥方様に、『ここに籠っておるばかりのぬしには分からぬ』と？　ほほほ、実にご挨拶でございますな」

「空蟬さん、やめてくださいっ。そんな……私は、決してやつれてなんか」

慌てて空蟬を制する。月影の顔が見る見る強張《こわば》っていくのが見えたからだ。

月影は今、とても大変な時期なのだ。嫁の自分が煩《わずら》わせるようなことをしてはいけない。

しかし、空蟬はやめようとしない。

「どこがでございますか。日増しに痩《や》せて、目の下にはクマまでできて、愛らしいお顔が台無しでございます」

台無し。その言葉に、幸之助の顔は羞恥《しゅうち》で真っ赤になった。

「あ、あ……申し訳ありません！」

慌てて袖で顔を隠し、蹲《うずくま》る。

「そんな、見苦しい顔をしているとは気づかなくて、あの……大変、失礼なことをいたしました っ。すぐ……すぐ、見られる顔に戻しますから、その……っ」

月影に醜態《しゅうたい》を晒《さら》していたことに気づかなかった己が恥ずかし過ぎて、また、そんな見苦しい姿を見せ続けたことが月影に申し訳なくて、顔を隠したまま必死に詫《わ》びていると、腕を摑《つか》まれ抱き竦《すく》められた。

「もうよい！　分かった……分かったゆえっ、どうか謝らないでくれ」

幸之助の震える背中を宥めるようにさすり、月影が囁《ささや》いてくる。

その声音も背中をさすってくれる掌《てのひら》も悲しいほどに震えている。そんなものだから、月影にほんの少しの迷惑もかけたくない幸之助はますます焦燥《しょうそう》に駆られ、必死に首を振った。

「そんなこと、言わないでください。幸之助は、大事ありません。本当に、何でもない…」

「そうでございます、坊ちゃま。奥方様は、これしきのことで倒れたりいたしません」

幸之助の言葉を遮り、空蟬が先ほどとはまるで正反対のことを言った……かと思うと、

「しかしいい加減、ご自分の健康管理もできぬ困った坊ちゃまのお世話にうんざりしておられます。なので奥方様、どうでしょう？　気分転換に、坊ちゃまの職場にご出仕されては？」

突如そんなことを言い出すものだから、二人はぎょっと目を剝《む》いた。

「空蟬！　いきなり何を申すのじゃっ。そのようなこと、気分転換にしていいことでは……」

「よ、よろしいのですかっ？」

月影の腕の中から飛び起き、幸之助は爛々《らんらん》に目を光らせて空蟬にせっついた。

「私などが出仕して、月影様が恥を搔《か》くようなことは」

「ほほほ、無能であれば顰蹙《ひんしゅく》ものですが、奥方様には魔物を討伐された実績がございます。誰も難色を示しますまい。勿論《もちろん》、この空蟬も同行し、お助けいたします」

それを聞いた途端、それまで暗く沈んでいた幸之助の心は一気に晴れ渡った。

「ありがとう！　実は、そうしたくてうずうずしておりました。ここでただまんじりと、月影様の身を案じて家事をしているよりずっといいって。……では、早速今日より参ります！

すぐ準備を」

「ま、待て待て待て！」

しまってあるライフル銃の元へ飛んでいこうとする幸之助を、月影は慌てて抱き竦めた。

「こっ幸之助。落ち着け、早まるな！」

「私は冷静です！　ここに籠って暢気に家事しかしていない私に指図されて、さぞ嫌な思いをされたでしょう？　でも、安心してください。これから外に出て、たくさん勉強して、少しはましな嫁になって参りますので！」

「ち、違う！　あれは、そういう意味で言ったわけではないのだ。俺はただ、その」

「？　ああ……大丈夫！　実は里帰りしたおり、ライフルを弟に改良してもらったので、以《い》津真《つま》天《で》討伐に参戦した時より、戦闘力はぐんと上がっているはず」

「そういう問題でもない！　俺が言いたいのはつまり……ああもう！　俺が悪かった。すまぬ。今日は休んでぬしの看病をいたすゆえ、出仕はしてくれるな」

「？　……私の、看病？」

自分は別に病気ではないがと首を傾《かし》げると、目の下を親指の腹でなぞられる。

「このクマが消えるまで休め。痛々しくて見ておれん」

そう言われてようやく、自分がひどい顔をしていることを思い出した幸之助は耳まで真っ赤にして、また顔を袖で隠した。

「み、見ないでください」と、今更縮こまる幸之助に月影は苦笑しつつ、小柄な体を抱き上げた。

「勘違いするな。見苦しいなどとは思うておらん。ゆえに、隠すな。ぬしの顔、見せてくれ」

「……い、嫌です。月影様に、ほんの少しでも、嫌われたくありませ……んんっ」

「はは、馬鹿者。……可愛いぞ？　誰よりも可愛くて、大事じゃ」

閨《ねや》で敷かれたままになっていた布団に押し倒され、露《あら》わにされた顔中に口づけられ、囁かれる。それだけで体が甘く痺《しび》れ、頭がくらくらした。

「すまぬ。本当にすまぬ。俺は、焦ったのだ。ぬしがあまりにも立派な嫁ゆえ、苦労ばかりかける己が苛立《いらだ》たしくて、早《はよ》うぬしにつり合う立派な夫になりとうて、焦って……ぬしに、ひどいことを言うてしもうた」

「つきか、げさ……ん、ぅ」

「ぬしが休むべきだというなら、今日も休もう。俺の体のことは、ぬしが一番よう知っておるゆえな。間違いはなかろう」

口づけとともに囁かれる言葉に、目頭《めがしら》が熱くなった。

ついさっき、月影のたった一言で途方に暮れて立ち尽くしていたというのに、また月影の言葉に歓喜で震えるとともに自信を取り戻して……ああ。自分はどこまで月影に心を奪われているのか。と、我ながら呆《あき》れていると——。

「おや奥方様。ご出仕なさらぬのですか？　私、久しぶりに血が見とうございます」

「空蟬！　ぬしはもう黙っておれ」

こうして、月影は今日も休んでくれることになった。

月影は膝枕してくれたり、あんまり上手《うま》くない……もとい、味のある子守唄を唄ってくれたりと、甲斐甲斐《かいがい》しく世話を焼いてくれた。

病み上がりの月影にこんなことをさせるのは悪いと何度も言ったが、惚《ほ》れた弱みか、自覚している以上に疲れていたのか。月影の優しい掌を振りほどくことができず、いつしか月影の腕の中で寝入ってしまった。

気がつくと、幸之助は一人閨に寝かされていた。

枕元には置き文が一枚置いてあり、薪《たきぎ》の蓄えが少なかったので取りに行ってくる。無理をしないよう、空蟬を目付《めつけ》として連れて行くので安心するようにと簡単に記されていた。

しかしその後、幸之助が寝ている間にさっさと薪を拾いにいこうと思っていたのに、幸之助の寝顔が可愛過ぎて、なかなか席を立つことができない。どうしてくれる！　という文句が延々書かれていたものだから、幸之助は赤面した。

（もう！　月影様ったら！　でも……）

幸之助は起き上がると、庵《いおり》の裏手にある湧き池に向かい、水面に顔を映してみた。

（少しは顔色、よくなったかな？）

月影は気にしないと言ってくれたけど、やっぱり見苦しい顔は見せたくない。月影に嫌われたくないから。というのもあるが、一番の理由は――。

『ごめんくださいませ』

突然男の声が聞こえてきたものだから、幸之助は肩を震わせた。

『香澄《かすみ》の里の雪月《せつげつ》でございます。月影殿がご病気と聞き、お見舞いに参りました』

えっ？　雪月様？　と、驚きつつも、幸之助は急いで玄関まで走った。

玄関の戸を開くと、風呂敷包みを持った雪月が立っていた。だが、幸之助の顔を見た途端、ひどく驚いたように両の目を大きく見開いた。

「……神嫁、殿？　いらっしゃったのですか」

「？　はい。大体いつも、この庵におりますが、あの……」

「いや、そうではなくて……いえ。そう、ですか。その、突然押しかけてしまい申し訳ありません。……月影殿は？」

気を取り直すように聞いてくる。幸之助は訝《いぶか》しく思いつつも月影不在の旨を伝えると、雪月の耳が残念そうに下がった。

「そうですか。まあ、出歩かれるほど回復されたのだから、喜ぶべきか」

「あの！　よろしかったら、中でお茶でも飲みながらお待ちになりませんか？　多分、もうすぐ帰ってくると思いますので」

慌てて申し出る。せっかく来てもらったのだから。という気持ちもあったが、雪月にはぜひ月影に逢っていってほしかった。親友が見舞いに来てくれたと知れば、月影もきっと喜ぶ。

「よろしいのですか？　では……いや、やはりよくないな」

「？　何か、この後ご用がございましたか」

「いえ。たとえ男と言えど、奥方が一人留守を預かっている家に上がり込むだなんて、不貞なことはできないと思いまして」

「ふ、不貞っ？」

思ってもみなかった言葉に、幸之助は素《す》っ頓狂《とんきょう》な声を上げた。

そういうものなのだろうか。考えたこともなかった。

「お、教えてくださりありがとうございます。知りませんでした。でも」

だったら、どうやって雪月に待ってもらったらいいのだろう。

首を捻《ひね》り、うんうん考えていると、おもむろに雪月が笑いだした。何がおかしいのかと尋ねると、雪月は小さく首を振った。

「いえ、別に。しかし……そうですね。では、縁側で待たせていただきましょう。それなら、家に上がり込まなくてすむ」

名案でしょう？　朗らかに笑い、雪月はそう言った。

「おや。今日は特製のたんぽぽ茶ではないのですね」

庭がよく見える縁側で、幸之助が出した茶を一口含んだ瞬間、雪月はぽつりと漏《も》らした。

幸之助が目を瞬《しばたた》かせると、雪月が口元を綻《ほころ》ばせる。

「月影殿に先日振る舞っていただきました。『これはヨメの愛情がパンパンに詰まった茶で、他人に飲ませるのはもったいないが特別に』と、それはもう自慢げに」

幸之助は頰《ほお》を赤らめるとともに、口をぱくぱくさせた。

「も、申し訳ありません！　夫の失言もそうですが、お口に合わぬものをお出しして」

「口に合わない？　なぜ、そう思われるのです？」

「あのお茶は、月影様のお口に合わせて作ったものなのです。月影様、甘いものが好きな、ちょっと童《わらべ》のようなお口をされているので、雪月様のお口には合わないかと」

「月影殿の口に合わせて……月影殿は、そのようにあれこれ申されるのですか？」

「いえ。何でも美味いと言って食べてくださいます。ただ、私がそれだけでは足りなくて、観察してるんです。どの料理を作ったら、もっとよいお顔になってくださるかって」

好物を美味そうに頰張る月影を思い返しつつ答えると、雪月は少し妙な顔をした。

「表情だけで、分かるものなのですか？」

「はい。月影様は人一倍……いや、お顔とお耳と尻尾《しっぽ》とたんぽぽからだから……四倍分かりやすいので。はは」

「なるほど。では……私は、分かりにくい？」

「雪月様？　うーん。そうですね」

幸之助はまじまじと雪月を見遣《みや》った。それから少し考えて、

「甘い物はあまり、お好きでないような気がします。あと……漬け物とか、お好きそう」

ほとんど直感で答えた。瞬間、雪月の耳が驚いたようにピンッと立った。

「あ！　当たりでございますか？」

「え？　あ……はい。ま、まあ……」

「そうですか！　では、今度いらした時は漬け物をお出しします。何がお好き……？」

幸之助は口を閉じた。雪月が所在なさげに視線を彷徨《さまよ》わせている。よく見ると、頬も少し赤い。

「雪月様？　どうかなさいましたか」

「いえ。ただ……初めてだったのです。口にしていないのに、好きなものを言い当てられたのは。なので、なんというか……困ったな」

また目を逸《そ》らしてしまう。その所作はまるで少年のようにあどけなくて、先ほどまでの落ち着き払った大人の風情が嘘のようだ。

「……どんな、感じだったのかな」

しばらくして、雪月は小さく呟《つぶや》いた。幸之助が目を瞬かせると、雪月はまた戸惑うように視線を逸らした。

「その……捧げられた神嫁を娶《めと》っていたら、私はどうなっていたのかと。静かな土地で二人きり、このように想うてくれる妻と穏やかに暮らせたら、それはそれで……はは。いけませんね。あなたがあまりにも、優しくて愛らしいものだから、つい、ありもしないことを」

自嘲《じちょう》気味に笑う。おそらく、今まで喰《く》った神嫁たちのことを思い返しているのだろう。

何と声をかけていいか分からず何も言えずにいると、雪月はふと笑うのをやめた。

「実は、今日はお別れを言いにきました」

「……お別れ、ですか？」

「遠くへ参ります。狗神《いぬがみ》も人間もいない……誰も兄を知らない世界へ」

妙な言い回しに幸之助が首を傾げると、雪月は「おや」と小さく目を見開いた。

「月影殿は話していないのですか？　私にも、月影殿と同じように双子の兄がいたと」

幸之助は思わず声を上げそうになった。

月影と同じように。ということは、雪月の兄も――。

「陽日《はるひ》殿のように、稀狗であったかは分かりませんけどね。死産でしたから。けれど、毛は茶色でしたから、兄は稀狗だったということになった」

「そ、そうだったのですか。それは、ご愁傷様でした」

おずおずと頭を下げる。雪月は何も言わない。ただわずかに眉を寄せ、どこか逃げるように幸之助から目を逸らし、視線を庭に投げた。

「私が遠くに行かなければならないのは、この地に居場所がないからです。残白《ざんぱく》である私には」

「残白……」

「……神嫁殿。あなたは、知っておいでなのですか？　残白が……その」

「大体は、承知しております。稀狗の片割れがなぜ白狗《びゃっく》なのかとか、月影様が今、皆様からどのように言われておるのか、とか」

幸之助が言いにくそうに答えると、雪月は小さく「そうですか」と悲しげな声で呟き、話を続けた。

「稀狗は、狗神にとって大いなる希望です。ゆえに、残白は無事に生まれてくることさえ罪だと言われる。『稀狗様に、死ぬまで力を捧げないとは何事か』と。それだというのに、稀狗の兄は死に、私だけが無事に生まれてきてしまった」

――片割れは片割れらしく身の程を弁《わきま》え、稀狗様に全てを捧げ尽くして死ねばよかった。

いつか聞いた、狗神たちの嘲《あざけ》りが思い返される。

「私は生まれながらに、稀狗を殺した大罪人となりました。会う者すべてに『お前が死ねばよかった』と面と向かって言われ、努力して何かをなせば『なぜその力を稀狗様にお捧げしなかったのか』と怒鳴られる。二百数十年経《た》った今でも、飽きることなく延々とね」

二百数十年。途方もない歳月に、軽く眩暈《めまい》がした。

努力すれば、いつか分かってもらえる。それを信じて、月影は今頑張っている。

しかし、月影と同じ境遇の雪月は二百数十年経った今でも、そのことで責められている。

それでは、月影が今している努力は――。

「でもね。そこまで責められても、殺されることはなかった。なぜか分かりますか?」

「それ、は……やはり、肉親の情があったからでは」

「贄《にえ》を喰わせて完全な狗神にすれば、便利だからです」

何とか希望を見出《みいだ》そうとする幸之助の言葉を、雪月は冷ややかに打ち消した。

「白狗ほど、都合のいい存在はないのです。狗神と人間両者の協力なくして、完全な狗神になることができないのでね。そのことを恩に着せて、完全体となって強い力を得た後、一生涯こき使うことができる」

幸之助は面食らった。月影や白夜《びゃくや》からは、「白狗は里を護《まも》る力を得るために、里人から贄を捧げてもらっていた」と言われるばかりだったから、そんな側面があるだなんて思いもよらなかったのだ。

「ですから、私も贄を喰わされたわけですが、ここ最近になって、里人の信仰心が急激に落ちてしまった」

「月影様は、開国したことが大きいとおっしゃっておられました」

「私もそう思います。近代化が進み、人が神から離れ始めた」

狗神は人間からの信仰心を力に変えて里を護るため、信仰心が下がっては里の守護が覚束《おぼつか》なくなる。しかし、自分たちの信仰心が下がっている自覚がない里人は、「なぜ昔のように護ってくれないのだ」と怒り、ますます信仰心を下げてしまう。

「今では、香澄の里と狗神の関係は完全に冷え切っております。そうなってくると、両者の絆《きずな》の証《あかし》である神嫁の儀は、厄介事以外の何物でもなくなる」

里人からは「なぜ、狗神などに大事な娘を嫁にやらねばならん」と疎《うと》まれ、狗神一族からも、里人とのいざこざを招く面倒な厄介者と疎まれ続ける。

「本当に、勝手な話ですよね。自分たちが喰わせたくせに、お前は存在するだけで厄災だ。やはり、兄の代わりにお前が死ぬべきだったなどと……まあ、喰わなかったら喰わなかったで、一生日陰者でいるよりほかないんですけどね」

嗤《わら》った声は、どこまでも乾いていた。

眼差《まなざ》しも底なし沼のように暗く淀《よど》み、悪寒を覚えるほどに凍《い》てついている。

「雪月様」と、もはや名前くらいしか言うことができない幸之助に、雪月はうっすらと笑う。

「けれど、悪いことばかりではないんですよ？　明日の神嫁の儀が終わったら、私は力を得ることができる。この生き地獄から、誰も兄を知らない遠くへ行く力を……ええ。誰が、あのような連中の奴隷として一生を棒に振るものですか」

これで、ようやく私の生涯が始まる。私を苦しめ続ける兄の呪縛から解放される！

それは心底、安堵《あんど》と歓喜に満ち溢《あふ》れた声だった。

感情が高まるあまり、声もかすかに震えていて……雪月が今まで、どれほど苦しい思いをしてきたか、切ないほどに伝わってくる。

そんな雪月に何か声をかけるべきなのだろうが、幸之助は何も言うことができない。

色々な感情がぐるぐると腹の中を回る。

こんな事態に陥ってしまうなんて、今まで雪月に捧げられてきた神嫁たちの犠牲は何だったのかという無常観。

自分が認識している以上に、月影が置かれている立場は過酷なのだという衝撃。

何よりもやり切れないのは、稀狗の片割れは何百年経とうが、贄を喰って力を得ようが、狗神の世界で認められることは決してない。幸せになるためには、狗神の世界から逃げ出すしかないということ。

だったら、狗神の世界から飛び出す力を持たぬ月影は――。

「ああ……申し訳ありません」

黙り込んでしまった幸之助を見て、雪月が悲しげに笑う。

「あなたにとって、とても辛い話をしてしまいました。でも、ぜひ知っておいてほしかったのです。残白が、白狗がどれほど辛い身の上か。それを理解した上で、許してほしいのです」

「ゆる、す？　私などが、何を許すと……」

「月影殿が、陽日殿を恨むことをです」

そろりと言われた瞬間、眩《まばゆ》い陽光が雲に遮られ、世界が陰った。

「あのように愛くるしい生き物を恨むだなんて、畜生の所業と思われるでしょう。しかし、陽日殿が月影殿にした仕打ちを考えてみてください」

母胎で月影の力を奪って白狗にし、月影を犠牲にして得た力で周囲からちやほやされている。

「その傍らで、月影殿は何をしようと『残白の分際で』『死ねばよかったのに』と詰《なじ》られ続ける。死ぬまでずっと」

「……死ぬ、まで？」

「稀狗が生まれてくることは喜ばしいことですが、反面、稀狗を授かった里への妬《ねた》みも生みます。その僻《ひが》みが全て、片割れに向かうのですよ」

片割れは生きて生まれてきたこと自体罪な生き物なのだ。どんな扱いをしようが咎《とが》められない。

「そして、負の感情というものは、未来永劫《えいごう》消えてなくなることはない」

そんな生き地獄に突き落とした相手を恨むことの、何が罪でしょう？

真顔で尋ねられて、答えるより早く最近の月影の姿が思い返される。残白だと馬鹿にする連中を見返すために、月影は毎日ボロボロになるまで仕事に励んでいた。

でも、その努力が報われることはない。

月影が稀狗である陽日の片割れである限り。

それを思ったら、月影が陽日のことを悪く思ってしまっても、月影を責めることなんてできない気がした。けれど――。

今度は、陽日と遊ぶ月影の姿が脳裏に浮かぶ。

いつも陽日のほうから、月影を見つけるなりよちよち駆けて飛びついていく。そんな陽日を月影も両手をいっぱいに広げて受け止めて、本当に……本当に仲がよい兄弟で、時々妬《や》けることもあるけれど、この絆がずっと続けばいいと願っていた。それなのに。

胸が引き裂かれるように痛み、思わず唇を噛《か》みしめた。その時。

「何を、しておる」

硬い声が耳に届く。視線を上げると、目を大きく見開いた月影の顔が見えたが、その光景はなぜか歪《ゆが》んでいる。どうしたのだろうと目を瞬かせると、頬を何かが伝った。

瞬間、月影が「幸之助！」と叫んで、駆け寄ってきた。

「なぜ泣いておるっ？　大事ないか」

幸之助の体をあちこち調べながらそう言われて、幸之助はようやく自分が泣いていたことに気がつき、慌てて涙に濡《ぬ》れた目を擦《こす》った。

「も、申し訳ありません。お客様の前で、このような粗相を……っ」

幸之助は息を呑《の》んだ。月影が非常に険しい表情で雪月を見据えている。

「雪月様、これはどういうことでございましょう」

声もびっくりするくらい低い。まさか、月影は何か勘違いしているのでは……と、はらはらしていると、

「はい。鬼の居ぬ間に少々いたずらを」

にっこりと笑って、雪月がそんなことを言うではないか。

月影の表情がいよいよ強張るので、幸之助は狼狽《ろうばい》した。

「空蟬。ヨメを連れて、しばし席を外せ。雪月様と二人きりで話したい」

「！　月影様、誤解です。雪月様は悪いことなど、何もしておりませんっ」

弁明しようとしたが、突然袴《はかま》の紐《ひも》を背後から思い切り引っ張られたかと思うと、体が宙に浮いた。袴の紐を両足で摑んだ空蟬が、空に舞い上がったのだ。

「空蟬さんっ、離してください。月影様をお止めしないと！」

懇願したが、空蟬はいっこうに聞いてくれない。「あの雲、坊ちゃまの尻尾みたいですなあ」などと暢気なことを言いつつ、どんどん飛んでいく。

二人の姿が、視界から消えていく。

「お願いです、戻ってください。月影様は雪月様を誤解しておられます」

「誤解？　そのようなものはしておりません」

「空蟬さんまで！　本当に違うんです。雪月様はただ」

「坊ちゃまは正しく理解し、怒っておられます。当てが外れた腹いせに奥方様を苛《いじ》める悪趣味もそうですが、先日雪月様がしでかした所業には殊更《ことさら》」

突如飛び出した言葉に、幸之助は「え？」と声を漏らした。

「……悪趣味？　所業？　それは、どういう」

まるで意味が分からず聞き返すと、空蟬は翼を翻《ひるがえ》し、ゆっくりと下降を始めた。

「奥方様、坊ちゃまのご同僚からお話を聞いた時、何か違和感を覚えませんでしたか？」

庵近くの野原に幸之助を下ろし、空蟬がおもむろにそんなことを聞いてきた。

違和感？　と、首を捻りつつ、思い返してみる。

懸命に職務を果たそうとする月影を、稀狗の片割れ、白狗だからと馬鹿にする狗神たちの言動に腹が立ちこそすれ、別におかしなところはなかったような？　と、思っていると、

「香澄の里は、雪月様のお里でございます」

「！　それは……っ」

「ご同僚様は、雪月様のことは何一つおっしゃらなかった。己の里を命がけで助けに来てく

れた友が、己《おの》が一族に愚弄《ぐろう》されていた時、あの方は何をなさっていたのでしょうか？」

「そ、それは……偶々《たまたま》、その場にいなかったとか」

「よその里に救援を頼まねばならぬほどの危機に瀕している状況下で、参戦しなかったと？　まあ、雪月様は御曹司《おんぞうし》でございますから？　危険な目に遭わせてはならぬと、激戦地に来させなかったのかもしれません。されど、仔細《しさい》はすぐ耳に届くはずです。坊ちゃまは和泉《いずみ》の里の狗神が聞き及ぶほどのお働きをなさったわけですから、雪月様が知らぬはずがない」

――あの残白、どうも並の狗神以上の力があるらしい。救援で訪れた香澄の里で、獅子奮《ししふん》迅《じん》の働きをして見せたそうでな。

先日、陽日たちを迎えにきた和泉の里の狗神たちの会話が脳裏を過《よぎ》る。

「それだというのに、あのお方は何一つ動いていない。坊ちゃまの奮戦を聞き及び、ともに魔物と戦うことはおろか、謝罪にも来ずにほったらかし……これは推測でございますが、あの方はここへ来てから一度も、救援についての礼も詫《わ》びもしなかったのではないですか？」

ずばり指摘されて、肩が震えた。確かに、そうだ。月影の見舞いに来たとは言ったが、救援のことについて、全く口にしなかった。それが、何を意味しているのか。

「奥方様。あの方はね、そういう方なのですよ。いつだって何もしない。そのくせ、自分は何も悪くない。全部周囲が悪いと思い込んでいらっしゃる。だからね、あの方はこの世の全てが憎くてしかたないのです。己が一族のことも、一族が守護している里人たちのことも何もかも、苦しみ抜いて死に絶えればよいと思うておられる」

まさか、そんな！　と、声に出して否定しようとした。あんなにも朗らかで、礼儀正しい……何より月影の親友である雪月が、そんな男であるはずがないと。

けれど、先ほどの言動と空蟬の指摘を思い返すと、否定の声を上げることができない。

確かに、周囲から冷たい仕打ちを受け続けた雪月は空蟬の言うとおり、自分を取り巻く全てを恨んでいるかもしれない。

しかし……だったらなぜ、そんな男が月影と友人でいるのだ。何もかも恨んでいるのなら、命がけで応援にきた月影がどうなろうが関心を示さないのなら、どうして……！

憤《いきどお》り交じりに尋ねる幸之助に、空蟬は端的に答えた。

「憐《あわ》れだからです」

「あの方はね、表面上は気のいい友人を演じながら、内心ではどこまでも坊ちゃまを見下しておられるのです」

同じ稀狗の片割れではあるが、完全な狗神となり、この状況から逃げ出せる自分と違い、月影は役立たずな白狗のまま、馬鹿にされ続けて死ぬしかない。

「奥方様を喰うのではなく娶ると、坊ちゃまから聞かされた時など、表面上は『立派なご決断だ』と褒めておられましたが、内心は馬鹿にしておりました」

白狗で、人型にもなれぬ分際で何を言っているのか。大体、人間などと心が通じるわけがないのに、馬鹿な奴だ。神嫁にこっぴどく振られるに決まっている。

「ですから、先日坊ちゃまが奥方様を紹介した時の雪月様のお顔ったらなかったです。奥方様に振られた、この上なく無様な坊ちゃまの姿が見られると、意気揚々と参りましたのに、当てが外れて……傑作でございました」

おかしそうに嗤う空蟬に、幸之助は面食らった。

雪月と初めて会った時、雪月はずっとにこにこ笑っていて、自分と月影の結婚を心から祝福してくれているようだった。それなのに、心の中ではそんなことを考えていたというのか。にわかには信じられない。でも……。

——……神嫁、殿？　いらっしゃったのですか。

先ほど、出迎えた幸之助を見るなり、雪月は驚いたように目を瞠《みは》った。いないと、思っていたのだ。

世間から執拗に迫害される月影に愛想を尽かして、出て行ったに違いないと。

雪月は、幸之助を……人間を、そんな矮小《わいしょう》で薄情な生き物としか思っていない。

では、先ほど雪月は自分と話しながら何を思っていたのか。考えるだけで総毛立った。

「坊ちゃまを馬鹿にし続けることで、あの方は己を慰めておられたのです。こやつに比べれば、俺はまだましだと。あのお方は、自尊心も強うございますゆえ」

「こ、このこと……月影様や他の方々は」

空蟬は、すぐには答えなかった。

「白夜様も黒星《くろほし》様も、皆承知しております。されど、黙っていました。歪んではおりますが、雪月様は坊ちゃまを大変可愛がっておられましたし、何より……坊ちゃまが雪月様……同胞を必要とされていましたから」

「……同胞」

「坊ちゃまにもね、脆《もろ》く弱いところがあるのです。それゆえ、雪月様の本心に今まで気づけなかった。されど、それも今日で終わりでございます」

終わり？　幸之助が戸惑いの声を漏らすと、空蟬はすっと視線を逸らし、両の目を細めた。

「奥方様を娶って、己より幸せになった坊ちゃまなど、もういりません」

「！　そ、それって……」

「こっこー！　うーたん！」

突然耳に届いた呼び声に、肩がびくりと震えた。慌てて顔を向けると、よちよち走ってくる陽日の姿が見えた。口にはやはり、今日も拉致《らち》してきたらしい梓《あずさ》が咥《くわ》えられている。

「こっこ！　ついかえ、ろこ？」

梓を地面に下ろし、おむつを穿《は》いた丸いお尻ごと尻尾を振り、陽日がせっついてくる。

その姿も所作も、相変わらず愛くるしいが、幸之助の心はいつものように弾むことはなかった。それどころか、陽日たちからすぐさま目を離し、陽日の取り巻き連中がついて来ていないか、注意深く探した。月影のことをひどく言うあんな連中と月影を会わせたくない。

「……こっこ？　こっこ！」

いっこうに自分を見てくれない幸之助に痺れを切らしたのか。陽日が幸之助の袴の裾を引っ張り、大声を出す。

幸之助は誰もついて来ていないことを確認してから、陽日に目を向けたが、「ついかえ、ろこ？」と再度尋ねられて、言葉に窮してしまった。

「あ……月影様は、その」

「坊ちゃまは庵におわしますよ、陽日様」

言い淀《よど》む幸之助の横で、空蟬がさらりと答える。瞬間、陽日は目を輝かせ、前両足をぽっこりとしたお腹《なか》が見えるくらい上げて、万歳の格好をしてみせた。

「ついかえ！　ついかえええ！　はゆの、あずしゃあああ！」

横で小さく欠伸《あくび》をしていた梓を急いで咥え、ものすごい速さで庵のほうに走って行ってしまう。それを見て、幸之助は慌てた。

「空蟬さんっ、どうして教えてしまったんです。今、雪月様がいらっしゃるのに！」

「おや。そう言えばそうでございましたな。ほほほ、これはうっかりしておりました」

全く悪びれた様子もなく笑う空蟬に、目を剝く。

稀狗を激しく憎んでいる雪月と、未来の花嫁に浮かれている陽日が鉢合わせてしまったら、絶対とんでもないことになる。なのに、どうしてそんなことが言っていられるのか。

幸之助は駆け出した。何としてでも、二人が鉢合わせる前に陽日を止めないと。

しかし、行けども行けども陽日の姿はいっこうに見えてこない。そのうち、庵が見えてきて……これだともう、陽日は庵に着いてしまっている。

（お願いです。どうか、何も起こっていませんように！）

胸の内で祈って、庭へと駆けこむ。その時、縁側に人影が見えた。

「ついかえ！　ついかえ！　あずしゃ。はゆの、あずしゃ！」

「兄上！　梓殿をわざわざ見せに来てくださったのですか？　ありがとうございます。……うむ！　これはなかなかの器量よし。兄上もなかなかやりますなあ」

陽日が差し出した梓を抱き上げて笑う月影。その近くに、雪月の姿はない。

どうやら、もう帰っていたらしい。そのことにほっと肩を撫《な》で下ろした、時だった。

「ざんぴゃく！」

耳に届いたその言葉に、弾《はじ》かれたように顔を上げる。

そこには、月影の膝に乗り上げて月影を見上げる陽日の姿が見えるばかりだったが——。

「ついかえ。ざんぴゃく！　やくたたじゅ！」

小さくて丸っこい体でぴょんぴょん跳ねながら、鈴の鳴るような愛らしい声で、どこまでも無邪気に、得意げに吐き捨てる。

月影は何も言わない。いや、「言わない」というより「言えない」という感じで、大きな目を限界まで見開いて、固まっている。

だがふと、大きな白い耳がしゅんと下がったかと思うと、くしゃりと顔を歪めてしまった。その表情と言ったら、見ているこちらが泣きたくなるほどに悲しげで痛々しい。それなのに、陽日は心底楽しそうに尻尾を振って、さらにこう言った。

「ついかえ、ざんぴゃく。はゆ、まれちゅしゃま！」

その瞬間、幸之助の中で何かが切れた。呼吸を忘れるほどの激しい憤怒が全身を包み、視界が真っ赤に染まる。

「陽日様っ！」

叫んで駆け出す。突然の大声に振り返る陽日に猛然と駆け寄り、前足を掴んだ。

「謝りなさい、陽日様」

「……こ、こっこ？」

「月影様に謝りなさい！」

掴んだ前足を揺すり、固まっている陽日に強い口調で叱《しか》りつける。

「先ほど陽日様が月影様におっしゃったことは、絶対に言ってはいけない言葉です。二度と……二度と言ってはいけません！　謝りなさい。ほら、月影様に謝って……っ」

「幸之助っ！　よさぬかっ」

すさまじい剣幕で陽日を怒鳴る幸之助を、月影は慌てて陽日から引き剝《は》がした。途端、陽日が「こっこ、こわいい」と声を上げて泣き出した。ついでに、梓もつられたように泣き出す。それを見てようやく、幸之助は我に返った。

目の前にいるのは、赤子だ。こんな幼気《いたいけ》な存在に本気で怒るなんて、どうかしている。

でも……でも――っ！

「空蟬っ！　空蟬はおるか」

幸之助が再び陽日を叱ろうとしていると見て取ったらしい月影は、空蟬を呼んだ。

「はい、ここに」

「兄上と梓殿を屋敷に送ってこい。俺は幸之助と話す」

空蟬は黙って頷《うなず》き、泣きじゃくっている陽日と梓をそれぞれ爪で摑むと翼を広げて飛んで行った。それを見届けると、月影は抱き竦めていた幸之助の両肩を摑み、顔を覗《のぞ》き込んできた。

「ヨメ、いかがしたのだ。赤子相手に、ぬしらしゅうもない」

苦笑交じりに宥められる。その瞬間、幸之助は言いようもない憤りを覚えた。

月影はどうして笑っていられるのだ。あんなひどいことを言われたというのに。

「陽日様がされたことは、とてもひどいことです！　許されることではありませんっ」

「それは……そうだが、兄上に悪気はないのだ。新しく覚えた言葉を、ただ意味も分からず口ずさんでおっただけ……」

「分かっております！　陽日様はただ、皆が口にしておる言葉を真似しているだけ。でも……それでも！　月影様をあのように傷つけていいわけがありません！」

月影の言葉をぴしゃりと遮り、いきり立つ感情のままに怒鳴り返す。

何もかもが腹立たしかった。陽日にあんなことを吹き込む連中も、それを平気で月影に言い放ち、へらへら笑っている陽日も、あんなことを言われて怒ろうともしない月影も全部全部おかしい！　と、胸の内で叫んだ。その時。

「皆が、口にしておる……？」

見る見ると表情を引きつらせ、月影が幸之助の言葉を掠《かす》れた声で繰り返す。瞬間、幸之助はようやく己の失言に気がついた。

「ぬしは、知っておるのか。俺が皆に、何と言われておるか。……では、俺が白狗である理由も、ぬしは」

「あ、あ……それは」

可哀想なくらいぺたんと下がってしまった耳に、激しく狼狽する。

どうしよう。自分までもが、月影を傷つけてしまった。

月影は今、何を考えているのだろう。外での扱いを妻に知られ、居たたまれなくなっているのか。それとも……。

色々考えられるが、とにかく、表情からして月影が傷ついたことだけは間違いない。

なんと言えばいい。何をどう言えば、月影をこれ以上傷つけずにすむ？

狼狽《うろた》えながらも必死に考えていたが、ふと目に入った光景に思わず目を瞠った。

月影が、今にも泣き出しそうなくらい顔を歪めてにっこり微笑《ほほえ》んだのだ。

「すまぬなあ」

一瞬、何を言われたか分からなかった。

「兄上のことを、とても慕《しと》うてくれておるぬしのことだ。かような話を聞かされて、さぞ辛かったであろう？　それからもずっと、一人で抱え込んで、心を痛めて」

「つ、月影様……」

「俺もつくづく駄目な夫よ。ぬしの苦しみに気づきもせず、己のことばかりで。本当に……！」

幸之助の目から大粒の涙が溢れ出るのを見て、月影は目を見開いた。

「こ、幸之助ッ？　すまぬ。かように、泣くほど辛かったのか」

「……ば、かで、ございます」

「む！　馬鹿とな？　ヨメ、それは少々言い過ぎでは」

「私の、ことなんか……つきか、げ様が一番、お辛いのに……ううう」

両手で顔を覆い、幸之助はその場にしゃがみ込んでしまった。

どうして、この男はこんなにも優しいのか。どうして、こんな男がここまで惨《むご》い仕打ちを受けなければならないのか。腹が立って、悲しくてしかたない。

蹲って泣きじゃくる。そんな幸之助を、柔らかな温もりが包み込む。

「ふふん。そのように泣きじゃくりながら言われても説得力がないぞ？　……案ずるな。俺は大丈夫じゃ。悪口を言われるのは慣れておるゆえな、ぬしが気に病むことは」

「う……うそ、つきっ！」

月影の腕の中で、幸之助は嗚咽《おえつ》で声を詰まらせながらも叫び、頭を振った。

「先ほどの、月影様のお顔、とても……悲しそうで、辛そうだった！　なんで、月影様だけこんな……っ。何も、悪くないのに。こんなにもお優しくて、立派で……それなのにっ」

やめろと、心の中で誰かが叫ぶ。それ以上言ってはいけないと。けれど、一度堰《せき》を切った口は止まってくれなくて、

「血を分けた兄弟なのに、なんで……陽日様のせいで！」

一番言ってはいけないことを、叫んでしまっていた。

そしてすぐ、最も恐れていた過《あやま》ちに気づき、幸之助は愕然とした。

ずっと、月影は陽日のことで悩んでいると思っていた。

血を分けた兄弟でありながら、類稀《たぐいまれ》なる力を手に入れ、ちやほやされる陽日と、力もなければ短命の白狗に生まれ落ち、「稀狗様に全ての力を捧げて死ねばよかったのだ」と詰られ、迫害される自分。何も思わないはずはない。

だったら嫁である自分は、無理矢理にでも月影から苦しい胸の内を聞き出し、「お前は無価値じゃない。自分は何があっても味方でいる」と伝え、励ましてやるべきだった。

それをしなかったのは、月影から陽日のことを言われて、冷静でいられる自信がなかったからだ。

陽日自身は好きだ。でも、月影を傷つける、陽日を取り巻くものは大嫌いだ。

だから、月影を貶《けな》すお付きがついてくるなら……月影から奪った力で皆にちやほやされる陽日を見るたび、月影が傷ついているなら、ここには来ないでほしいと思ってしまう。

そして、これからも先ほどのような仕打ちを無邪気に重ね続けるのなら、陽日自身も嫌いになってしまう。

自分は月影を傷つける存在は、何であろうと許せないのだ。それがたとえ、今まで仲が良かった兄弟の陽日であろうと。陽日は今でも月影を慕ってくれていると分かっていても。

だから、陽日のことは話したくなかった。壊れかかっているだろう兄弟の絆を、この手で決定的に壊してしまいそうで。それなのに、自分はついに言ってしまった。

(どうしよう。私がこんなこと言ったら、月影様はますます陽日様を嫌いになる……!)

震える幸之助を、月影は黙って見つめていた。

どれくらい、そうしていただろう。ふと息を吐いたかと思うと、月影は幸之助をさらに深く抱き込んできた。月影の顔が、見えなくなる。

「確かに、先ほどのアレは応えた。兄上がこの日のことを、理解した時のことを思うと」

耳を澄まさなければ聞こえないほど、小さな声。

「稀狗という境遇を受け入れることさえ、お辛いだろうに……兄上が今の状況を理解される頃、俺はもうこの世におらん。『俺は気にしておらぬゆえ、気に病まないでくだされ』と、伝えることができぬ。それが、とても辛い」

呟いた声は悲しげで、どこまでも優しい。陽日への労《いた》わりに満ちている。

揺れていない。周囲からあれだけひどい差別を受けても、この男の中の、兄への信頼と思慕は、少しもぶれていない。

その想いが、やるせないほどに伝わってきて、幸之助はたまらず月影にしがみついた。

「どう、して……そんなに、優しいの？」

自然に溢れ出た言葉だった。

どんなに頑張っても、「死ねばよかったのに」と吐き捨てられるのに。陽日自身からも、あんなにひどいことを言われたのに、なぜ——。

本気で分からなかった。すると、耳元でかすかな笑い声が響いた。

「どうして？　ふふん。ぬしのおかげに決まっておろう」

さらりと囁かれたその言葉に、幸之助は思わず顔を上げた。

「わ……私？」

涙に濡れた目をぱちくりさせる幸之助の頬を、月影は両手で包み込んできた。

「前に言うたであろう？　ぬしに惚れれば惚れるほど、俺は幸せになれると」

嫌でしかたなかった白狗に生まれてきたから、幸之助と巡り合うことができた。

贄を人間から取れなくなる時代の変わり目に生まれたからこそ、幸之助を喰わず、嫁として迎えることができた。

「しかも、ぬしは三国一……いや、天下一立派な嫁ときている！　そのような嫁に尽くされて、何を卑屈になることがあろうや！　と……まあ、有体《ありてい》に申せば、ぬしが笑《わろ》うて俺の嫁でいてくれるだけで、俺は結構何でもよいのだ。はは」

ポポポンとたんぽぽを咲かせてはにかむ月影に、幸之助はぽかんと口を開いたが、すぐ慌てて首を振った。

「う、嘘を吐《つ》かないでください！　だって、最近の月影様はずっと辛そうで……っ」

はっとする。無理矢理顔を向けさせられた先に、咲き乱れるたんぽぽが見えたからだ。

「な？　嘘ではあるまい。確かに激務で疲れてはいたが、ここ最近も、俺は幸せだったぞ？」

ぬしのおかげでな。そう囁かれて、幸之助は耳まで真っ赤になった。けれど、また俯《うつむ》いてふるふると首を振った。

「私は、何もして差し上げられなかったのに」

謙遜《けんそん》ではなく、本音だった。月影を籠絡させた悪妻という醜聞を作って、月影の外聞を悪くしたり、陽日のことを悪く思ってしまったことが後ろめたくて、月影が辛そうにしていても話を聞かない。矮小で、駄目な嫁だった。

恥を承知で素直に言うと、なぜか月影は笑い出した。

「ど、どうして笑うのですか？」

「ヨメ。普通はな。このようなことになったら、己の境遇を嘆き悲しむものぞ。『白狗というだけでも大変なのに、その上稀狗の片割れとは！　どうせなら、稀狗様のほうに嫁ぎたかった』と……そうじゃ！　普通なら、絶対そう思う。おまけに、兄上はぬし好みの愛らしさ！　ふわふわして丸っこい体。くるんと巻いた小さな尻尾。ぽっこり膨らんだ腹。それから」

話しているうちに、月影の顔からどんどん笑顔が消えていく。代わりに、至極つまらなそう顔をして、尻尾でぱんぱん床を乱暴に叩く。

その様を幸之助はきょとんと見ていたが、しばらくして「ぷっ」と噴きだし、笑いだした。

「なんだ、何がおかしい」

「だって、月影様が陽日様に嫉妬《しっと》する箇所が」

「箇所が、何じゃ？」

「おかし過ぎて……可愛い」

ぽろりと本音を漏らすと、月影は思い切り口をへの字にひん曲げた。

「むう！　ぬしはまたそうやって、俺の悩みを馬鹿にする。俺は真剣に……っ」

「大好きです」

月影の唇に、掠めるような口づけをして幸之助は笑った。

「白狗だろうと稀狗の片割れだろうと、月影様は月影様です。誰よりもお優しくて気高くて、可愛い立派な方で……月影様が旦那様で、幸之助はすごく幸せです。だから……んっ」

突然抱き寄せられたかと思うと、唇に勢いよく噛みつかれた。

「ああ……誠に、ぬしという奴は！」

幸之助の小さな体を掻き抱き、口内を貪《むさぼ》りながら、月影が小さく唸《うな》る。

「このような時でさえ、ぬしはそのようなことを言うてくれるのか？　苦労ばかりかけて……皆に馬鹿にされるような夫で、恥ずかしゅうは……っ」

今度は、幸之助が押し倒す勢いで月影に飛びつき、唇に噛みついた。

抱き締めてくる月影の腕がいやに必死で、尋ねてくる声が寂しそうだったから。

月影は不安だったのだ。自分への誹謗中傷を知り、幸之助の心が離れていってしまわないかと。そんな月影の心を思うと、たまらなくって、

「月影様は、立派な狗神様。愛《いと》しい、愛しい旦那様。月影様がおそばに置いてくれて、たんぽぽを咲かせてくださるなら、幸之助は何もいりません」

月影にしがみつき、口づけながら熱烈に囁く。

それが、引き金となった。

どちらともなく床に倒れ込むと、二人は夢中で互いを求め合った。

着物が破れてしまいそうなほど性急に着物を脱がせ、暴いた肌をまさぐり、擦りつけ合う。口も口づけだけでは足りないとばかりに、口づけの合間、譫言《うわごと》のように愛を囁き合う。

なのに、幸之助は全然足りなかった。触れれば触れるほどに、月影への恋しさが募り、欲しくなるばかりだ。

先ほどまで、幸之助の心は一片の光も差さぬ真っ暗闇の中にあった。

漏れ聞こえてくる、月影への惨い仕打ち。雪月から聞かされた、稀狗の片割れの辛い現実。それらに押し潰《つぶ》されて、陽日をどんどん悪く思っていってしまう己の弱い心。

希望なんて欠片《かけら》も見えなかった。それなのに、今はどうだ。

何か状況が変わったわけでもないのに、心が軽くなっていく。内で凝り固まっていたどす黒い感情も、清水で洗い流されるように消えていく。

代わりに心を満たしていくのは、優しい幸福感と月影への愛おしさ。

好きだ。幸之助の心がどんなに暗く沈んでいても、そっと掬《すく》い上げて、こんなにも温かな感情で満たしてくれる。そんな月影が大好きだ。そう思ったら、

「月影様。月影様……幸之助の、旦那様……ぁっ」

顎《あご》がのけぞり、嬌声《きょうせい》が漏れる。

今日はいやに、体が敏感な気がする。体中どこもかしこも性感帯になってしまったように、

どこを触られても、馬鹿みたいに感じる。

体も、欲しているのだ。心と同じように、この男が欲しくて、欲しくて……ああ。

自分はどれだけ月影の虜《とりこ》になってしまったのか。そしてこれからどれだけ溺《おぼ》れていくのか。

想像もできないし、少し怖くもある。なにせ自分は、月影を思うあまり、あの幼気で愛らしい陽日さえ悪く思ってしまったのだから。でも――。

「つき、かげさ……ぁ、あっ。……ん、ぅっ」

「分かるか？　だいぶ、柔らかくなった」

内部に埋め込まれた指をぐるりと掻き回される。

己の内部がぐずぐずに濡れて、いやらしく月影の指に絡《から》みつく感触が、ひどく生々しく感じられるとともに、さらなる刺激を求めて腰が勝手に動く。

浅ましい己の痴態に、羞恥心が身を焼く。

それでも、幸之助は月影に手を伸ばす。いや、伸ばさずにはいられなかった。

「つ、きかげ…さ、ま……ください。月影様を、幸之助にたくさん、くださ……ああっ」

快楽に痺れてまともに動かない腕で、必死にしがみついて懇願すると、すぐに熱い楔《くさび》で身を穿《うが》たれた。

久しぶりなせいか、快感よりも痛みのほうが強い。

だが、性急に掻き抱《いだ》いてくる腕の感触や、内に感じる月影の一物《いちもつ》が荒々しく猛《たけ》り、脈打っている感触を思うと、心はどうしようもない歓《よろこ》びと充足感で満たされる。

月影も、限りなく自分を欲してくれている。自分と同じ。溺れていくなら、一緒。それを強く感じられる。

(……いい。それなら、いいんだ)

「月影、さ……あ、あ。も、っと……強く、だい…て……んんっ」

「ば、かっ。さように、煽《あお》るな。壊してしまったら、どうするっ。…くっ」

月影が自分と同じ気持ちで一緒にいられるなら、何だって構わない。それだけ、自分は月影を……。

考えられたのは、そこまでだった。

痛みよりも上回った快楽の熱に焼かれ、あっという間に思考も理性も塗りつぶされてしまう。後に残ったのは、月影を貪欲《どんよく》に欲する、淫《みだ》らな本能だけ。

「ぁ、あっ……つ、きかげ、さまっ。つきか、げさ……ぁ、んっ」

その言葉しか知らないように月影の名を呼び、浅ましく求める。

そんな幸之助に月影も簡単に煽られて、最後のほうは二人とも、二匹の獣になって、互いを激しく求め合い、ぐずぐずに蕩《とろ》けていった。

「ぬしが可愛過ぎて、つい大事なことを言い忘れておったが……どうか、兄上のことを嫌いにならないでくれ」

日が暮れるまで熱烈に愛し合った後。膝に乗せた幸之助を抱き寄せて、月影がそう言ってくるので、幸之助は小さく笑った。

「ふふ。本当に、大事なことですね」

月影もつられて笑ったが、ふと笑みを引込めたかと思うと、幸之助の頭に鼻先を押しつけてきた。

「実はな。最初から、稀狗の片割れであることを、受け入れられたわけではないのだ」

しばしの逡巡《しゅんじゅん》の後、月影は重い口を開いて、当時のことを話してくれた。

稀狗のことを知ったのは、月影が六つの時。雪月が白夜に、陽日が稀狗ではないのかと言及しているところを聞いてしまったことで知ったのだという。

「今にして思えば、雪月様はわざと、俺に聞かせたのかもしれぬなあ」

すぐ白夜に問い質《ただ》したが、白夜は「陽日は稀狗ではない」の一点張りで決して認めようとしなかった。しかし、雪月から稀狗の詳細を聞けば聞くほど、陽日が稀狗としか思えない。

月影は、陽日のことを激しく憎んだ。

「俺は元々、兄上にあまりいい感情を抱いていなかったのだ。俺は非力な白狗として生まれてきたというに、兄上だけがなぜ、健康で普通の狗神として生まれてくるのだ。ずるい、とな。それゆえ、己が大嫌いな白狗として生まれてきた理由を知って、堰が切れてしもうた」

――なんでおれがこんな目にあわなきゃならない。あいつなんか、いなきゃよかった！

「その日から、俺は兄上を徹底的に拒絶した。聞くに堪《た》えない言葉で当たり散らして、無視して……突き飛ばしたことさえある」

幸之助は内心驚いた。自分が知っている月影は、どんなに辛い状況下にあっても、人の悪口はおろか、周囲に当たり散らすことも決してない、いつでも相手の心を気遣える男だ。実の兄、しかも赤子の陽日に当たり散らす月影など、想像もできない。

（やっぱり……月影様は、とても辛い思いをされたんだ）

胸がきゅっと詰まったが、幸之助は黙って耳を澄まし続けた。誇り高い月影が、己の恥を晒《さら》してでも伝えようとしている思いを、聞き違わないように。

「五年だ。俺が稀狗のことを受け入れるまで、それだけかかった。なのに、兄上は俺を嫌いにならずにいてくれた。俺がいくら邪険にしても構《かも》うてくれて、ようやく己の過ちに気づいて謝った時は、『大好き。遊ぼう』と顔を舐《な》めてくだされた」

五年。長いとは思わない。むしろ、よくそんな短期間で受け入れられたと思う。月影を見守り続けたろう白夜もそう思ったことだろう。

しかし、赤子の陽日にそんな理屈は分からない。大好きな弟からある日突然拒絶され、意味も分からず邪険にされ続ける。

もし自分が、月影にそんなことをされたら……考えただけで、血が凍りそうだ。陽日もさぞ辛い思いをしたことだろう。それでも、陽日は五年も待った。弟が再び、心を開いてくれるまで。

そこまで考えて、幸之助はようやく、月影がなぜ陽日に暴言を吐かれながら、いつかこの日のことを悔いるだろう陽日を思い、悲しくなったのか理解できた。

「そのような方なのだ。ゆえに、今回のようなことで俺を見下したりはせぬ。父上とてそうじゃ。俺のことを思うて、今まで兄上が稀狗であることを隠し続けてくれた。『陽日が稀狗でなかったのは、父親のお前が白狗だったせいだ』と、惨いことを言われながらもな。そして今も、今までどおり出仕させてくださって……俺を表に出せば、色々言われるだろうに」

「……」

「叔父御《おじご》も屋敷の者たちとて同じこと。いじけていた俺を見捨てず、今日まで温かく見守ってくれた方々じゃ。ゆえに……なんだ。何を笑うておる」

「いえ、何だか……ほっとして」

「む？　何がだ」と、耳の先を不思議そうにぴこぴこさせる月影に、幸之助は少し申し訳なさそうに笑った。

「実を言うと、陽日様をこれからも好きでいられるか、少し不安だったのです。私は月影様のように、心根が強いわけでも寛大でもないからって。でも、今の話を聞いて分かったんです。月影様は、最初から今のように強いお心を持っていたわけじゃない。陽日様や義父《ちち》上様たちに支えられてこられたからこそ、今の月影様があるのだと。それなら、私も信じることができます」

「幸之助……っ」

「すみません。私の心根が弱いばかりに、辛い話をさせてしまいました。でもこれで、私の覚悟は決まりました！　月影様が信じる方々を幸之助も信じます。慕い続けま……っ」

月影の手を握り締めて宣言していると、月影がたまらずといったように抱き締めてきた。

「ありがとう。……ありがとうな」

噛みしめるように囁かれる。その声には、深い安堵と喜びの色があった。

自分のせいで、幸之助が陽日たちを嫌いにならずにすんでよかったという気持ちが。

そんな月影に、幸之助もほっとする。月影を傷つけるようなことをせずにすんで、本当によかった。しかし――。

「ぬしの言うとおり、あの方々がいたからこそ、今の俺がある。ずっと、好きでいてくれ」

「それは……雪月様も、ですか？」

少し迷ったが、幸之助は思い切って尋ねた。

嬉《うれ》しそうに揺れていた尻尾の動きが、ぴたりと止まる。

「雪月様……そうさな」

硬い声で言ったきり、月影は口を閉じた。しばしの沈黙。

「先ほど、初めて喧嘩をした。俺が、雪月様がなさることには納得が行かぬ。間違《まちご》うておると言うたから」

――いくら逃げても、稀狗の片割れという事実は変わらない。一生消えないっ。だったら、その事実を受け入れぬ限り、どこへ行ったって、幸せにはなれぬのではないですか？

「思うておったことを、洗いざらいぶちまけた。言葉など選んでおる余裕もなかったゆえ、言い合いになって……だが、しばらくしてぽつりと言われた。今更だと」

――あなたはいつもそうだった。贄を喰わずとも、残白は立派に生きていけるだの何だの……もうこの道以外選べない私に、今更なことばかり言うっ。

「『お前なんか、神嫁に拒絶されて不幸になればよかった』と、散々詰られた。だが、最後には……ひどく、苦しい顔をされて」

――ああ。どうして……もっと早うに、巡り会うてくれなかったのです？

「最後にそう詰って、出て行かれてしまった」

何と声をかけたらいいか、分からなかった。

「雪月様には、たくさん泣き言を聞いてもろうた。稀狗の片割れ同士と思うと、気安うてな。散々泣きじゃくった。そんな俺に、雪月様はいつも根気強う付き合い、支えてくだった」

外のことを学びたいと言えば、字を教え、本をたくさん持ってきて、ともに学んでくれた。

贄を喰う喰わないで白夜との仲が悪化した時も、幸之助を娶って夫婦生活が上手くいかなかった時も、ずっと励まし続けてくれた。

「そんな雪月様に、俺は救われた。……救われるだけで、精一杯だったのだ」

「月影様……っ」

慰めの言葉を言いかけ、幸之助は口をつぐんだ。月影があるものを差し出してきた。

それは、見覚えのある雅《みやび》な柄の袋だった。縛ってあった紐を解き、中を見ると、綺麗《きれい》な装飾が施された龍笛《りゅうてき》が出てきた。

「確かに、俺を下に見ておったかもしれん。されど、それだけではないのだ。でなければ、こうして……わざと、大事な笛を忘れていかれるはずがない」

「……わざと？」

「今更ではない。今更など、生きておる限りない」

幸之助の呟きにも気づかず、幸之助から受け取った笛を握り締めて、月影が呟く。

自分自身に言い聞かせるように。そして、どこか……祈るように。

その横顔は、どこまでも痛々しい。けれど、ふと顔を上げてこちらを見遣ったかと思うと、月影はにっこりと微笑んだ。

「幸之助。俺は、俺の信じた道を行く。だが、その先でもしまた、巡り会えることができたなら、その時はこの笛を返して、今度こそ……雪月様と真の友になりたいと思う」

悲しいほど、明るい声だった。

(……月影様。まだ、何か私に隠してる)

どこか必死な声音に、幸之助は直感した。それでも……ただ笑い返して、できるだけ優しく、月影を抱き締めた。

「では、その日が迎えられるよう、私も頑張ります」

何があっても、月影を信じてついていく。固く心に誓った幸之助に、もう迷いはなかった。

月影は、雪月とちゃんとした友人になりたいと願っている。それだけ分かれば十分だ。

しかし、聞かなかった隠し事は、すぐに幸之助の知るところとなった。


二日後、庵に珍しい客人が訪ねてきた。

「いきなり訪ねて悪いな」

庵の縁側に腰を下ろし、幸之助が出した茶を口にしつつ詫びてくる白夜に、幸之助は神妙に頭を下げた。威圧されているわけではないけれど、ほとんど無表情で、常に厳《おごそ》かな空気を纏《まと》っている白夜を目の前にすると、いつも緊張してしまう。

「とんでもありません。わざわざお越しいただいてありがとうございます」

「月影は、昨日から出仕したのか」

「はい。おかげさまで。それと、月影様を長らく休ませてしまい、申し訳ありません。私がもっとしっかり、月影様を気遣っていれば……っ」

口を閉じる。白夜が小さな包みを差し出してきたからだ。

「月影が風邪を引いた時、いつも飲ませておる薬だ。……許せ。本当はもっと早くに届けてやりたかったが、高天原《たかまがはら》に行く暇がなくてな。……また、体を壊すようなことがあったら飲ませてやってくれ」

「！　これ、高天原のお薬なんですか」

「ああ。この地には、あやつに合う薬がなくてな」

事もなげに言われたその言葉に、目頭が熱くなった。病で臥《ふ》せる月影の苦しみを少しでも和らげてやろうと、四方に手を尽くして薬を探し回る白夜の姿が想像できたから。

（月影様のおっしゃるとおりだ。こんなにも月影様を想ってくださるご家族がいるんだ。何も、心配することなんてない）

受け取った薬を胸に抱き、深々と頭を下げる。

白夜は無言だったが、しばらくして小さく息を吐くと、改まったように幸之助に体ごと向け、居住まいを正した。

「すまぬな。わしが至らぬばかりに、更なる責め苦を負わせることになってしもうた。できることなら、陽日が稀狗であることはそちたちが死ぬまで隠しとおしたかったが、よりによってこのような時に」

「このような時……と、申しますと」

幸之助が瞬《まばた》きすると、それまで黙って横に控えていた空蟬が「ははあ」と声を上げた。

「雪月様でございますね」

「雪月、様？　それは、どういう……」

「先日、香澄の里が魔物に襲われた際、雪月殿は密かに魔物たちを香澄の里に引き入れ、里人にけしかけたらしいのだ」

「……え」

思わず硬い声が漏れる。その横で、空蟬がおかしそうに嗤った。

「坊ちゃまたちに討伐を任せて何をされていたのかと思いきや……誠、どこまでいってもご自分のことしか考えぬお方でございます」

「自分の、ため？　里人を襲わせることの何が」

「私怨もありましょう。『これまで大人《おとな》しく贄を差し出していたというに、なにゆえ俺の時だけ渋るのか』と。されど、一番の目的はおそらく、神嫁の儀をしかと行うよう脅しつけるためでしょうな。香澄の里人の、狗神様への信仰心は地に落ちておりますし」

白夜は、いけ好かなく思っている空蟬が口を挟んできたことに気分を害したのか、一瞬眉を寄せたが、頷き同意を示した。

「そうであろう。雪月殿としては、今すぐ人間を喰いたいであろうが、神嫁の儀以外で、狗神が人間を喰らうのはご法度《はっと》ゆえな」

「そんなっ。……でも、そのようなことをしてしまっては、里人と狗神様の関係が」

「そのようなこと、完全な狗神となって里も一族も捨てる気でいる雪月様には、どうでもよいことでございます。勿論、他のことも同様」

白狗が魔物をけしかけて神嫁の儀を強要したなどという噂が人間の間で広まれば、他の里にどんな影響を及ぼすか。まだ神嫁の儀が途中である白狗たちがどれほど困ることになるか。全てどうでもいい。

そこまで聞いてようやく、幸之助はなぜ温厚な月影が激昂《げっこう》して雪月に意見したのか理解した。確かに、そんなやり方をして出て行っては、どこへ行っても幸せになれるわけがない。

「雪月様、どうしてそんなことを……」

「冷静な判断ができぬほどに、追い詰められていたのであろう。陽日が稀狗と分かったことで、雪月殿への風当たりも強うなっていたはずゆえな」

「それは……でも、こんな大それたことをしてしまって……雪月様は、大丈夫なのですか？ 義父上様のお耳にも入っているということは、皆様知っていらっしゃるのでしょう？」

「……長《おさ》たちの話し合いで、此度《こたび》の件は隠匿《いんとく》いたすことに決まった」

「隠匿？ そんな、雪月様がされたことは……っ」

幸之助はぎくりとした。白夜の赤い瞳が、ぎらりと鋭く光ったからだ。

「個人的感情を申せば、思うところはある。だが今は、そのようなことは言うておれぬ。下手《た》に刺激して、これ以上騒ぎを起こされてはたまらぬ。白狗の立場が、ますます悪うなる」

「白狗様の、お立場……」

幸之助の呟きに、白夜の形のよい眉がますます顰《ひそ》められる。

「白狗ほど、人間からの恩恵を受けてきた者はない。贄を捧げてもらうことにより、寿命を延ばせるどころか、通常の狗神の十数倍の力を手に入れることができる。つまり、人間を喰いさえすれば、地位は保証されておった。しかし、時代は変わりつつある」

文明が進化し、力をつけたことで、人間は贄を差し出してまで、神の力を求めなくなった。

「贄を取ることができなくなりつつある今、此度雪月殿がしでかした所業と同じようなことが頻発してみろ。白狗はどうなる」

「最悪、白狗は存在するだけで害悪だとして、根絶やしにされるやもしれませぬなあ。その後に生まれてくる白狗も、生まれた瞬間殺《あや》めるということに」

「そんなっ！」

あまりの言葉に、幸之助は声を荒げた。

「確かに、白狗様は毛の色とか寿命とか、色々違います。でも、同じ狗神様ではありませんか。それなのに、同じ種族でそんなこと……っ」

「間違っていようが何だろうが、害悪、不要と見なされたものは容赦なく淘汰《とうた》される」

そういうものでございますよ。そろりと言い切られた言葉に、幸之助の肩は打ち据えられたように震えた。

あまりにも不条理で冷酷な現実に血が凍る。でも……。

――幸之助。俺は、俺の信じた道を行く。

きっぱりと言い切った月影の姿を思い返し、幸之助は顔を上げた。

「それでも……まだ、そうなると決まったわけじゃない。だから、月影様はどんなに馬鹿にされようと頑張っておられる。そうですよね?」

真っ直《ます》ぐに空蟬を見据えて尋ねる。空蟬は少し驚いたように目をぱちくりさせたが、すぐにカアカア鳴いて頷いた。

「白狗は今、重大な岐路に立っているところです。人間を喰うことで得られる恩恵に固執した挙げ句に淘汰されるか。それとも、人間を喰わず、力を得ずとも立派に生きていけることを示し、生き残るか。坊ちゃまは後者の道を進むため、日々苦心しておられます」

空蟬の返答に幸之助は目を輝かせて頷くと、改めて白夜に向き直った。

「とても大切なことを教えていただいて、ありがとうございます。先ほどのことを肝に銘じて、月影様の立派な嫁となれるよう、よりいっそう励みます!」

深々と頭を下げる。そんな幸之助に、白夜はわずかに目を瞠った。

赤い瞳がかすかに揺れる。

ふと、両の目を細めたかと思うと、白夜はたんぽぽが咲き乱れる庭へと視線を投げた。

「月影が言うておった。雪月殿は、嫁に出会わなかった己であると」

「……え」

「ただの感傷よ。同じ稀狗の片割れであろうと、月影は月影。雪月殿は雪月殿じゃ。されど、月影も雪月殿と同じ、鬱憤や危うさを抱えておることも事実。ゆえに……どうか、これからも月影を支えて……っ」

突然、白夜が言葉を切った。どうしたのだろうと顔を上げると、白夜が食い入るように何かを見ている。そちらに目を向け、幸之助ははっとした。

たんぽぽの黄色い庭の先に、真っ黒な人影が見える。

朱と黒が入り混じる、異様な模様の狩衣《かりぎぬ》。黒い獣の耳と尻尾。漆黒の長髪から覗く赤い目。

一瞬、白夜がもう一人増えたのかと思ったが、俯いていた顔が上がった瞬間、その場にいた全員が息を呑んだ。

相手は、人相が判別できないほど……顎から血が滴《したた》るほどに、顔中血にまみれていた。

そこでようやく、朱色の着物を染める赤黒い模様が、おびただしい血によるものだと理解し、総毛立った。

この狗神は一体なんだ。なぜ、あのような者がこんなところにいる？

のどかな昼下がりの情景にあまりにも不似合いな出で立ちに狼狽していると、白夜が「……雪月殿」と声を漏らすので、幸之助は仰天《ぎょうてん》した。

「雪月様っ？　あの狗神様は、雪月様なのですかっ？　でも、毛の模様が……あ、神嫁の儀」

「ああ。どうやら無事に儀式を終えて、完全な狗神になられたご様子」

「で、では……あの血は、喰ろうた神嫁の血……」

震える声で尋ねると、白夜は表情を険しくした。

「そう考えるのが自然だが……いかんせん、血が多過ぎる」

「お、多過ぎるって、それはどういう」

『……神、嫁ェ』

「……っ！」

突如鼓膜を震わせた禍々《まがまが》しい掠れ声に、全身の血が冷える。

恐る恐る声がしたほうに顔を向けると、血濡れの顔に黒い上弦の月が見えた。雪月が唇の両端をつり上げて、ぬめりと嗤ったのだ。

『……神嫁、神嫁ェ。コッチへ、オイデ』

「雪月、様……？」

『早ク、早ク……ココへ来テ、モウ何モナイ、憐レナ私ヲ……愛シテオクレ』

雪月がゆらゆらと体を揺らす。すると、体から黒い煙のようなものが立ち上り始めるとともに、額《ひたい》のあたりから何か生えてきた。

それはまるで、角《つの》のような……と、思った時だ。

「いかんっ！　祟《たた》り神じゃっ」

鋭い声で、空蟬が叫んだ。その刹那《せつな》、

『神嫁ェエエ！』

雪月の姿が、額に角の生えた巨大な黒狗《くろいぬ》に変化し、牙《きば》を剝いて襲いかかって来た。

それはまさに目にも留まらぬ速さで、幸之助はその場で凍りつくことしかできない。

「馬鹿者っ！」

鋭い白夜の叫び声と同時に、肩に何かの衝撃が走った。その衝撃はすさまじく、幸之助の体は後方に吹き飛び、壁に叩きつけられた。

骨がバラバラになるような錯覚を覚えてそのまま、幸之助の意識は暗転した。


「……がた、さま。奥方様」

誰かからの呼び声に、幸之助は目を覚ました。

頭を打ったのか。クラクラして視界が定まらない。けれど、ようやく視界に捉《とら》えた光景に愕然《がくぜん》とした。

柔らかな日差しと温かなたんぽぽの黄色で溢れたお気に入りの庭は、地面が大きくえぐられ、滅茶苦茶にされていた。

家の周りに生えていた木々も、見渡す限りなぎ倒されて……山一つが消えていた。

あまりにも信じられない光景に呆然と立ち尽くしていると、また「奥方様」という声が聞こえてきて我に返った。この声、空蟬の声だ！

「空蟬さんっ！　これは一体……っ！」

急いで声がしたほうに走っていったが、目に飛び込んできた光景に再び息を呑んだ。

大きな爪でえぐられた背を晒し、血まみれになって倒れている白夜の傍らで、木にもたれかかって座り込む、男の姿が見える。

背に生えた漆黒の羽と、若者のように黒々とした髪が異様な老人。人型に変化した空蟬だ。その腹部には、大きな木片が深々と突き刺さっていて――。

「ああ。お目覚めでございますか」

紙のように白くなった傷だらけの顔で、空蟬がいつもの飄々《ひょうひょう》とした笑みを浮かべてみせる。

「う、空蟬さん。これ、は……」

「申し訳、ありません。取り逃がしてしまいました。全く。白夜様が早々に大怪我《おおけが》を負われるから、このような……はは。言い訳は、見苦しいですな。……ふん。できればこの手で、仕留めてやりとうございましたに。……やはり、昔のようには参りませぬなあ」

右手に嵌《は》めた鉤爪《かぎづめ》の血を払い、自嘲する。

口調も実に朗らかだったが、幸之助はますます狼狽した。

(早々にって……じゃあ、義父上様が大怪我をされたのは、私を庇《かば》われたから？　そのせいで、空蟬さんもこんな、大怪我して……！)

罪悪感と自己嫌悪で、全身ががくがく震える。そんな幸之助に、空蟬が再び声をかける。

「さて、奥方様。これより、私めの指示に従って、白夜様の血止めをしてくださいませ。私はこのとおり、動くことができませんので」

「で、でも、空蟬さんからまず、どうにかしないと！　血、血が出て……っ」

「駄目です。そのようなことをしていては、白夜様が死んでしまいます」

死。その単語に、幸之助の頭の中は真っ白になったが、

「奥方様。先ほどの誓いをお忘れかっ。坊ちゃまの……月影様の、立派な嫁御になられるのでしょう？」

月影。その単語を聞いた瞬間、激しく波打っていた幸之助の心が一瞬にして凪《な》いだ。

「月影、様の……立派な、嫁に……は、はい！　そうですっ」

「では、私めの言うとおりに。さすれば、誰も死にません。大丈夫……大丈夫です」

言い聞かせるように言われる。その声は相変わらず弱々しいが、揺らぎはない。見つめてくる視線もしっかりと力強くて……大丈夫だ。何も恐れることはない。

（空蟬さんの言うとおりにすれば、大丈夫。お二人を救える！）

自分でも自分に言い聞かせ、幸之助は空蟬に頷いてみせた。

それから、幸之助は空蟬の指示に従い、あれこれと動き回った。

震える手で白夜の応急処置を終えると、何かあった時に上げるよう言われていた狼煙《のろし》を上げ、狗神たちが到着するまでの間は、空蟬の血止めを手伝った。

狼煙を見て駆けつけた狗神たちに助けられ、屋敷に移動してからも、治療のため、当時の状況が説明できない二人に代わり、空蟬から言伝《ことづて》られていたことを黒星たちに一生懸命話して聞かせて……とにかく必死だった。

「なるほど。では、雪月殿は今、手負いなのですね？」

「は、はい。とどめは刺せなかったけど、かなりの深手は負わせたと。なので……対処するなら、今を逃す手はないって」

「そうですか。実は、お隣の和泉の里からも祟り神を見たという連絡が入りまして、現在和泉の里と連携して捜索に当たっています。ですが、難航するでしょうな。祟り神と言っても元は狗神。魔物や悪霊のようにはいかなくて」

忌々《いまいま》しげに唇を噛む黒星に、幸之助はおずおずと口を開いた。

「あの……雪月様が、どうしてあのようになってしまったのかは」

「それも今、香澄の里に人をやって調べていますが、ろくなことにはなっていないでしょうね。祟り神は、当人が抑えきれぬ憎悪に支配されてなるものですから……全く。いつか何か起こるのではないかと思ってはいたが、まさかこんなことになるなんてっ」

「いつかって……どうして、そのように……」

「『その臭い演技、やってて恥ずかしくないんですか?』」

「……え」

「月影と、これからも良き友人でいてやってくれと頼んだ私に、あの男が言うた言葉です。その後も、『陰でこそこそ神嫁の儀を潰そうとしているくせに』『そんなだから、月影に心を開いてもらえないんですよ』と、何度も私を嘲《あざけ》って」

息を詰める幸之助に、黒星は深い溜息《ためいき》を吐いた。

「あの男は、いつもそうでした。私だけでなく、白夜にも屋敷の者にも……多分、自分に関わる狗神全員に、敵意に満ちた言動を繰り返し、誰も彼もを遠ざけていた。笑顔を見せて、優しく接していたのは、同じ境遇である月影だけ」

本当に、馬鹿な男だ。その呟きは、ひどく憤っていた。

黒星はしばらく黙って眉間《みけん》に皺《しわ》を寄せていたが、すぐに気持ちを切り替えるように息を吐くと、いつもの柔和《にゅうわ》な笑みを浮かべて、こちらを向いた。

「とにかく、色々とありがとうございました。また、何か分かったらお知らせしますので」

「あ、あの！　何か、私にできることはありますか？　何かあれば、お手伝いいたします」

じっとしているだけでは不安に押し潰されそうな気がしてそう進言すると、黒星はぱたぱたと耳を動かした。

「そうですか？　では、陽日の子守りをお願いします。部屋に閉じ込められて、退屈しているようでしたから」

「え？　あ……はい。分かり、ました」

少々躊躇《ためら》いながらも、幸之助は頷いてみせた。

先日、こっぴどく叱って泣かせてしまっただけに、陽日に拒絶されたらと思うと少し怖かったが、今はそんなこと言っていられない。

（どうせ、次に会った時謝る気でいたんだし……！）

自分に言い聞かせ、教えられた部屋に向かう。

意を決して戸を開く。すると、陽日は部屋の真ん中で、寝ている梓のお尻に顎を乗せて、すやすや眠っていたものだから脱力してしまった。

（こんなに屋敷中が騒いでるのに、大物だなあ）

陽日たちのそばにしゃがみ込んで苦笑したが、不意に目頭が熱くなってきたものだから、慌てて膝に顔を埋めた。

先ほどの恐ろしい黒狗の姿が、鮮やかに蘇《よみがえ》ってきた。

山のような巨体から立ち上る、禍々しい黒煙。額から伸びた二本の角。血まみれの鋭い牙。理性の欠片も見えない常軌を逸した赤い瞳。

物静かで貴公子然としていた彼は、どこへ行ってしまったのだろう。でも……。

――自分に関わる狗神全員、誰も彼もを遠ざけていた。笑顔を見せて、優しく接していたのは、同じ境遇である月影だけ。

もしそれが本当なら、どうして自分にも優しく接してくれたのか。

分からなかったが、そのことを考えている余裕は今の幸之助にはなかった。

（義父上様、空蝉さん！　どうか……どうか、大事ありませんようにっ）

自分を庇ったせいで重傷を負った白夜や、取り乱す幸之助を励まし、的確な指示を出し続けてくれた空蝉の姿を思い返し、膝を抱き締め震えていると、かすかな物音が耳に届いた。

目を見開く。開いた襖《ふすま》からこちらを見遣る、武装姿の月影と目が合ったからだ。

「あ、あ……月影様。その……っ」

何とか言葉を振り絞ろうとしたが、叶《かな》わなかった。ちゃんとした言葉を口にする前に、近づいてきた月影に抱き締められたせいだ。

「無事で、よかった。怖かったろう？」

息が詰まるほどきつく抱き締められ、噛みしめるように囁かれる。それだけで、今まで必死に堪《こら》えていた涙腺《るいせん》が簡単に決壊して、ぼろぼろと涙が溢れ出てきた。

「申し訳、ありません。私が臆病だったばっかりに、義父上様と空蟬さんが、あんな」

「馬鹿を申すな。ぬしは何も悪くない。それに、安心せい。先ほど、二人の意識が戻った」

「！　まことでございますかっ？」

「ああ。今、叔父御と話をされておる。二人とも言うておったぞ。ぬしがいなかったら、今頃あの世じゃったと。ようやったな。さすがは俺の嫁ぞ」

にっこりと微笑む。その笑顔を見ると気が抜けて、涙が止まらなくなってしまった。

「こら。なぜ泣く……いや、よい。ようやった。誠に、ようやってくれた」

再び強く抱き締められ、頭をあやすように撫でられる。その優しい掌と温もりが、いやに体と心に沁《し》みて、幸之助は月影にしがみついて泣いた。

「よう、ございました。お二人ともご無事で、本当に」

「……こっこ？」

突然聞こえてきた呼び声に、はっとする。見ると、こちらを見上げてくる陽日と、その後ろからこっそりと覗いてくる梓の姿があった。

「こっこ？　いたいいたいの？」

「……たい、たい？」

幸之助の膝の上に乗り上げ、陽日は頰を、梓は手を舐めてくれる。

その舌先から、二人が自分を慰めようとしているのがひしひしと伝わってきたものだから、幸之助は思わず二人を抱き締めた。

「ありがとう、ございます。それから、ごめんなさい。二人とも、ごめんなさい」

幸之助の謝罪の意味が分からないのか、二人はしきりに小首を傾げたが、すぐに尻尾を振って、再び幸之助の頰を舐めてくれた。

「うむ！　仲直りできて何よりじゃ。それでは……俺は、そろそろ行く」

いつもどおり明るいが、どこか硬い声。

目を向けると、こちらを見つめる月影と目が合った。月影は静かに微笑《わら》っている。

瞳は、どこまでも悲しい。

「幸之助。雪月様はな。昨夜、雪月様の父上、雪見《ゆきみ》様の元に結託した、香澄の狗神と里人に襲われたらしい」

「……え」

「昨夜の神嫁の儀で、香澄の者たちは神嫁に毒を飲ませ、それを雪月様に喰わせた。最近の雪月様は毒殺を恐れて、屋敷で出されるものは何も食わなかったゆえと」

全身の血液が、一気に冷えた。

「最後の贄を喰ったことで、雪月様は完全な狗神になることができたが、仕込まれていた毒でもがき苦しまれて、そこを……皆で襲いかかった」

――死ね！　呪われた残白！

――死ね！　人喰いの化け物め！

きっと、完全な狗神になれた時、雪月は天にも昇る気持ちになったことだろう。

これでやっと、遠くへ行けると。それなのに、事もあろうに身内に襲われるなんて。

雪月が味わった憎悪と絶望はいかばかりのものであったか。幸之助には想像でもできない。

「その時抱いた憎悪に身も心も喰い尽くされて、雪月様は祟り神になってしまわれた」

淡々と事実だけを告げる月影に、幸之助は唇を噛みしめた。

先ほど、白夜から聞かされた話……雪月は先日の魔物襲撃の折、魔物を里人にけしかけ、神嫁の儀を必ず行うよう脅していたという話を思い返す。

里人に魔物をけしかける雪月を見た時、狗神や里人は雪月のことをどう思ったろう。

きっと、世にも恐ろしい化け物に見えたに違いない。

このまま生かしておいては、この先何をするか分かったものではない。

神嫁に毒を飲ませ、喰わせるなどという非道極まりない手段を用いてでも、あの化け物を退治しなければならない！

元里人である幸之助には、彼らの思考が苦しいほどに分かった。

「雪月様はな。遠くへ行きたかっただけなのだ」

そうだ。雪月はただ、遠くへ行きたかった。稀狗の片割れというだけで己をことごとく否定する、生き地獄のようなこの世界から、解放されたかっただけ。

それなのに、どうしてこんなことになってしまったのか。

ひどくやり切れない気持ちになる。月影も同じように……いや、自分なんかよりずっと深くそう思っている。見つめ合う月影の瞳が、如実にそれを語っていた。

陽日もそれを感じ取ったらしく、「ついかえも、いたいいたい？」と月影に飛びつき、顔を舐めた。月影は苦笑交じりに陽日を抱きかかえ、じゃれ合いながら話を続ける。

「だがな。いかなる理由があろうとも、越えてはならぬ一線がある」

「越えては、ならぬ……」

「祟り神となった雪月様は、皆殺してしもうた。人間も狗神も……目に留まった者全員、ことごとく。香澄の里は全滅じゃと、かろうじて逃げてきた者が証言した」

「……っ！」

「祟り神とは、そういうものなのだ。負の感情しか持ち合わせておらず、己が息絶えるまで、目に留まるもの全てを傷つけ破壊し続ける、忌《い》まわしい化け物。このままでは、加賀美《かがみ》の里人も危ない」

「！　そんな……っ」

元に戻す方法はないのか。とっさに言いかけて口をつぐむ。

今更元に戻って、何がどうなる。いかなる理由があろうと、雪月は里人はおろか、己の一族郎党までも皆殺しにしてしまったのだ。

元に戻れば許されるだなんて、そんなことあるはずがない。

本当に、どうしてこんなことに……！

あまりの惨状に眩暈がした、その時。

「幸之助。前に申したな。俺は、俺の信じた道を行くと」

「え？　あ……は、はい」

言葉に詰まった。月影の声音が、いきなり大きく、力強くなったからだ。

表情もだ。悲しみを耐えるように沈んだものではない。迷いのない凛《りん》とした顔をしている。

「その思いは、今も変わらん。俺は、俺の道を貫くぞ。たとえ、何が起ころうと……何を、犠牲にしようとっ」

幸之助を見据え、かすかに震える声で言い切る。

その宣言に、とっさに答えることができなかった。見つめてくる視線も声音も、悲しくなるほどひたむきだったから。

「うむ。よい覚悟です」

「！　黒星様っ」

声がしたほうを見ると、黒星が開いた襖から部屋に入ってきた。

「叔父御、父上たちの容態は」

「薬を飲んで休んでいただきました。話すのさえ辛そうな様子だったのでね。無理はさせられません。それと……これは、白夜と話し合って決めたのですが」

黒星は月影の前に腰を下ろすと、改まったように姿勢を正した。

「我らはこれより、和泉以外の里とも連携して祟り神討伐に当たります。その際、あなたに先陣を任せるので、何をしてでもいい。誰よりも早く斬り込み、祟り神を仕留めなさい」

幸之助は息を詰める。先陣を切るだなんて、最も危ない持ち場ではないか。

しかし、月影はまるで動じない。

「……よいのか、叔父御。俺は白狗で、稀狗の片割れぞ？　そのような者を大っぴらに隊に入れては、争いの火種になり、余計事態を悪化させるだけではないのか」

落ち着き払った声で尋ねる月影に、黒星は「だからこそです」と語勢を強める。

「顰蹙を買うのは百も承知です。が、そうでもしなければ、あなたに未来はありません」

断言し、黒星は真剣な面持《おもも》ちで月影ににじり寄った。

「分かっているでしょう、月影。今回のことで、白狗の……いや、稀狗の片割れの評価は地に落ちました。このままでは、『次なる厄災となる前に、稀狗の片割れは討つべし』と言い出す輩《やから》が必ず出てくる。それを防ぐためには、それくらいのことはしなければ」

「……叔父御」

「月影。私はね、このようなくだらぬ理由で、あなたを死なせたくないのです。同じ稀狗の片割れという理由だけで、殺すべきだなどとっ。白夜をはじめ、皆同じ気持ちです」

雪月殿を討ち、己は雪月殿とは違うと皆に証明なさい。

言い渡されたその命令に、幸之助は胸を突かれる思いがした。

友を殺せと命じられるだけでも辛いだろうに、その目的が雪月と自分は違うことを証明するためだなんて。同じ稀狗の片割れということで、雪月と互いを慰め合ってきた月影にとって、これ以上残酷な命令はない。

それでも、月影はこの命を受けるしかない。己の立場のため。自分を信じてくれる人たちの期待に応えるため。里の平和を脅《おびや》かす外敵から里を護るという責務のため。

逃げることは許されない。そして、それは幸之助とて同じこと。

加賀美の里と狗神がよりよい関係を続けていけるよう……しいては、里の繁栄のために嫁いできた自分は、里に仇《あだ》なす魔物と化した雪月を殺すよう、月影に頼まねばならない。

雪月の境遇を憐れに思っていても、雪月を殺すことが月影にとってどれだけ辛いことか分かっていても、月影と雪月の友情と、雪月自身を犠牲にしなければ、己の責務を果たせない。

とても重い業《ごう》だ。だが、自分も月影と同じように、その業を背負ってでも自分の信じた道を行く。決めたのだ。月影について行くと。迷ったりしない。

「承知いたしました。必ずや、討ち果たしてごらんにいれます」

深々と頭を下げる月影を黙って見守りながら、固く心に誓う。

その時、家人の狗神が慌ただしく部屋に入ってきた。

「黒星様。桐野《きりの》、露見《つゆみ》、文月《ふみづき》、山名《やまな》からのコトヨセ様が到着されました」

「……コトヨセ様？」

「狗神の長が使役しておる鷹《たか》じゃ。長たちはこの鷹を使うて、遠くにいる相手と会話することができるのだ」

月影が説明してくれている間に、黒星はすっくと立ち上がった。

「話の途中ですが、祟り神討伐の軍議を行いますので、これで。続きは軍議の後でいたしますので、ここで待っていてください」

早口に言うと、部屋を出て行く。月影もそれに続いて立ち上がる。

「では、少々行って参る。兄上たちを……はは。そのような顔をいたすな。ただの軍議ぞ」

「あ……はい。申し訳ありません。いってらっしゃいませ」

頑張って顔に笑みを作り頭を下げると、月影は笑顔で応え、部屋を出て行った。

その後ろ姿を黙って見送ったが、幸之助はすぐにそわそわと落ち着かなくなった。

今、行われているだろう軍議で、何が話し合われているのか気になってしかたない。

戦況が分かれば、自分にも手伝えることが分かるかもしれないから。

後で月影に聞けばいいと思うのだが、月影には肝心なことこそ言わないという悪癖があるから、あまり信用できない。

（こっそり聞いてくるというのは……いやいや！）

駄目だ。盗み聞きなんてはしたない。それに、ここで陽日たちを見ているよう仰《おお》せつかっているのに、ほったらかしにするわけには……と、思ったのだが、次の瞬間。幸之助はぎょっと目を剝いた。

いない！　陽日も梓も姿が見えない。

一体いつの間にっ？　慌てて駆け出す。けれど、どこを探しても二人は見つからない。

どこへ行ってしまったのだろう。焦りが募り、袴を握り締めていると、

『それは言いがかりでございます！』

突如あたりに怒声が響く。この声、月影の声だ。しかも、その声は身が竦《すく》むほど怒気に満ちている。

（……何か、あったのか）

気がつくと、幸之助の足は声がするほうに向いていた。

いけないことだと分かってはいる。でも……でも！

「うん？　誰だ……あ！　神嫁様」

廊下の突き当たりで声をかけられた。兵部《へいぶ》と兵吾《へいご》が、目を丸くしてこちらを見ている。どうやら、ここで警備をしているらしい。

「すみません。月影様のお声が聞こえたものですから、何かあったのかと」

「ああ……その、何でもありません！　ですから、どうぞお戻りを……」

『我が嫁は、この件には一切無関係でございます！』

「……っ！」

再び聞こえてきた月影の言葉に、幸之助は息を呑んだ。

『黙れ！　あの祟り神が譫言のように「神嫁」と呟いておったという証言。香澄の里を全滅させた後、真っ直ぐそちの住処《すみか》に向かったことから考えて、そちの嫁があの祟り神と深く関わっておったことは明白じゃ』

『大方、そちからあの祟り神に乗り換える魂胆《こんたん》だったのであろう。このような山奥の小汚い庵で独り、延々家事をさせられるのは耐えられぬ。連れ出してくれ。と、そちを唆《そそのか》した得意の色仕掛けで誑《たら》し込んだに違いない』

『嫁は雪月様とたった二回、しかもほんの少しの時間しか会うておりません。たったそれだけの時間で、どう深く関われたと』

おろおろと庭と幸之助とを交互に見遣る兵部たちを押しやり、庭を覗き見る。

庭には、大勢の武装した狗神たちが整列して立っている。

見知った顔も多いが、半分近くが知らない顔だ。おそらく、和泉の狗神たちだろう。

整列する彼らの前にいるのは、月影と黒星。そして、四羽の鷹。あれが、月影の言っていたコトヨセだろうか。

「神嫁様。どうぞ、奥にお下がりください。ここにいては、辛い思いをされる……」

「月影様は、私のことで……皆様から、責められておるのですか？」

「それが……訳が分からないんです。ここへ来るなり、こんなことになったのは、神嫁様が雪月様を誘惑しておかしくさせたせいではないのかと言い出されて……」

『二回？　それはそちが把握しておる回数ではないか』

兵部が戸惑いの声を漏らす間も、長たちの詰り声が響く。

『そうじゃ。そちの留守中に、密会を重ねておったというのも十分考えられる』

『！　そのようなことは……っ』

『ないと？　では、そちは四六時中嫁に張りついておるのか。出仕もせず？　おお、なんと浅ましい。これだから、残白は……白夜殿もさぞご苦労が絶えぬことであろう』

聞くに堪えない中傷、言いがかり。

なぜ、このようなことを言われなければならないのか。意味が分からない。

月影が稀狗の片割れで、幸之助が人間だから？　だったら、このような理不尽がまかり通るというのか。

（……滅茶苦茶だ）

改めて、雪月が何をしてでもこの地から逃げ出したかった気持ちが分かった気がした。

『文月の長様。月影は毎日真面目《まじめ》に出仕しております。それは、この黒星が保証いたしますので……』

『ほう？　ではやはり、件《くだん》の神嫁が祟り神と密会を重ねていなかったという確証は、どこにもないわけじゃな』

『そ、それは……っ』

『黒星殿。此度の討伐は大変危険なもの。少なからず犠牲も出よう。それだというのに、敵と通じておるかもしれぬ輩が味方の中におっては、援軍は出せぬ』

『協力してほしいのなら、まず祟り神が神嫁に執着する理由を明らかにしていただきたい』

その言葉に、幸之助の心臓は止まりそうになった。

自分は疚《やま》しいことなど何もしていないが、それを証明しろと言われてもできないし、雪月が執着してくる理由だって説明できない。むしろ、こちらが教えてほしいくらいだ。

（どうしよう。このままじゃ、援軍に来てもらえない！）

祟り神は一つの里を全滅させるほど、白夜と空蟬に瀕死の重傷を負わせるほど強いのに。

噴き出してくる焦燥に、再び袴を握りしめた時だ。

『……くく。ははは』

乾いた笑い声が響く。突然、月影が肩を揺らして嗤い出したのだ。

『なるほど、そういうことか。……叔父御、これ以上この話をしても無駄じゃ。これは、単なる時間稼ぎ。長様たちは、元より援軍を出す気はない。この地に祟り神が留《とど》まっておるのをいいことに、我らに祟り神討伐を押し付けるおつもりなのだ』

ぞんざいに言い捨てる。瞬間、あたりは騒然となった。

鷹たちも取り乱したように翼をばたつかせる。それに、月影が口角をつり上げる。

『稀狗様を授かった我が父への僻《ひが》みか。それとも、香澄の惨状を見て怖気《おじけ》づかれたか。どちらにせよ、なんと肝の小さい……』

『き、貴様！　無礼であろう』

『違うと申すならっ、早急に兵を出されよ！』

容赦なく相手の言葉を遮り、月影は強い口調で言い放った。

『「我を祟《あが》める人間を守護せよ」それが山神様の君命でございます。狗神にとって、君命は絶対。それだというに、皆様は君命に背くおつもりかっ』

『この……百年も生きておらぬ赤子風情が、偉そうな口を』

『もう一度申し上げる！』

挑むように鷹たちを睨《にら》みつけ、月影はますます語勢を強める。

『祟り神は誰彼見境なく殺し、破壊を繰り返す害悪そのもの。おまけに、殺めたものの憎悪を吸収して強うなる。一刻も早く見つけ出して殺さねば、大変なことになる。幸い、相手は今手負い。討つなら今しかないっ』

『……』

『お願いでございます。今なら、皆で力を合わせればすぐに祟り神を見つけることができるし、誰も死なせず討ち取ることもできる。ですから、どうぞ援軍を！』

両手を地面につけ、勢いよく頭を下げる。

そんな月影に、誰も何も言わない。気圧《けお》されたように黙り込んでいる。

幸之助もまた、月影に圧倒されていた。

普通、あのように寄ってたかってひどい暴言を吐かれたら、平静ではいられない。

月影はその煽りをものともせず、冷静に相手の胸の内を読み取り黙らせた上で、自分を散々貶した連中に頭まで下げてみせた。加賀美と和泉の狗神のために。里人のために。

（……本当に、すごい方だ！）

こんな時に不謹慎だと思ったが、幸之助は胸の高鳴りを抑えることができなかった。だが、

『一刻も早く……そうか。では、そちの嫁を囮《おとり》に差し出せい』

不意に返ってきた言葉に、月影は弾かれたように顔を上げた。

『理由はともかく、あの祟り神がそちの嫁に執着を示しておるのは間違いない。では、その者を囮にすれば、すぐに見つけ出せる。違うか？』

『それ、は……』

先ほどの歯切れの良さが嘘のように、月影が口ごもる。

そんな月影を見て、鷹たちが小気味いいとばかりに鳴く。

『何じゃ、その顔は。まさか、できぬと申すか？　はっ！　その程度の覚悟で、我らに命をかけて化け物と戦えと命令していたとは、片腹痛いわ』

『「我を崇める人間を守護せよ」？　そちが言うておる人間とは、嫁のことだけであろう。嫁さえ助けられるなら、他はいくら死んでも構わないと？　おお、なんと浅ましい』

『これだから、白狗は……残白は……』

皆がしきりに嘲笑《あざわら》う。けれど、月影は何も言い返さない。

自分たちさえよければ、他はどうなってもいいだなんて、月影は思ってはいない。けれど、いくら有効な手とはいえ、自分より遥《はる》かに脆弱《ぜいじゃく》な妻を囮に使うなど、月影の良心が許さない。だから、何も言い返すことができない。

そこまで考えて、幸之助は拳《こぶし》を強く握り締めた。

月影はこれまで、ひたむきに頑張ってきた。理不尽な仕打ちを受けても、皆に認められ、胸を張って生きていけるように、それこそ……血を吐くような思いでここまでやって来た。

それなのに、ここで負けてしまうと言うのか。幸之助を大事にしたいという感情で！

（……駄目だ。そんなの……絶対、駄目だ！）

負けてほしくない。こんなことで、この連中に屈してほしくない。

胸の内で思った刹那、体が勝手に動いた。

「お待ちくださいっ！」

転がる勢いで月影たちの元に駆け寄り、鷹たちの前に平伏する。

「何じゃ、そちは……っ。その格好、もしや」

「はい。月影の嫁にて、幸之助と申します。あの……私が囮になれば、皆様は援軍を出してくださいますか？」

「！　幸之助っ。ぬしは何を申して……っ」

「皆様のおっしゃるとおりです、月影様っ」

声を荒げる月影に、幸之助は怒鳴り返した。

「命がけの援軍を頼むというのに、こちらは全力を出さない。それでは、道理に反します」

「しかし、ぬしは……っ」

「私は！　月影様をお支えするために嫁いで参りましたっ。死して力の糧《かて》となるのではなく、生きてお役に立つために。決して、お荷物になりにきたわけではありません！」

月影は口をつぐんだ。何も言い返してこない。見つめ合った瞳から、幸之助の……月影の嫁としての覚悟を感じ取ったらしい。

それを見届けると、幸之助は再び、鷹たちに体を向けた。

「君命を全《まっと》うしたいという夫の言葉は真でございます。その証拠に、皆様が必要だと申されるなら、私は囮でも何でもいたします！　ですからどうぞ、援軍を出してくださいっ。どうか……どうかお願いいたします！」

鷹たちを真っ向から見据え、必死に訴える。引く気など毛頭なかった。

(負けてたまるか。絶対、負けるものか)

月影の役に立ちたい。お荷物なんかになりたくない。その一心だった。

そんな幸之助の耳に届いたのは、

『……カミ、ヨ…メェ……ッ』

一度聞いたらいやでも忘れられない、身の毛もよだつおぞましい声。

慌てて声がしたほうに顔を向ける。そこには、整列した狗神の雑兵《ぞうひょう》たちが立っていたのだが、そのうちの一人の様子が何かおかしい。

小刻みに震え、体からは黒い煙が昇っている。

「いかん！　離れろっ。そやつは祟り神だ！」

誰かが叫んだ。それと同時に、震えていた狗神から立ち昇る黒煙が巨大な黒狗へと姿を変え、近くにいた狗神たちをなぎ倒し、幸之助めがけて突っ込んできた。

「幸之助っ！」

切迫した月影の叫び声。そして、大きく開いた口から剝き出た、血にまみれた鋭い牙が見えたのを最後に、幸之助の視界は真っ暗になった。

『……可愛イ』

朦朧《もうろう》とする意識の中、囁き声が響き頬を撫でられる。

声も撫でてくれる掌も優しい。そう思っていると、唇に柔らかいものが触れてきた。

最初は、表面を軽く触れるだけ。しばらくして、温かく濡れたものが口の中に入ってきて、舌に絡みついてきて……ああ、これは口づけだ。

幸之助は口内に入ってきた舌を舐め返した。自分にこんなことをしてくれるのは、月影だけだから。

（……月影、様。月影様）

どうしてだか思い出せないが、今言いようもなく不安な気持ちだったから、懸命に月影の感触を探す。月影に触れれば、この気持ちも嘘のように吹き飛ぶ。

しかし、不安は一向になくならない。それどころか、月影の感触を探せば探すほど、違和感ばかりが募っていく。

月影の舌はこんな感触で、こんな動きをしていたか？　匂いも、何だか違う。

太陽の香りもたんぽぽの香りも、どこにもない。あるのは、やたら鼻を刺す鉄臭い匂いばかりで……と、思った時だ。

『……神、嫁』

愛おしげにそう囁かれた瞬間、はっとした。

（ち、がう。……これ、月影様じゃない！）

月影は自分のことをそんなふうに呼ばない。ちゃんと名前を呼んでくれる！

思わず目を開く。絶句した。

月影のとび色の瞳とは似ても似つかない、血のように毒々しい赤い目が、虚《うつ》ろにこちらを見つめている。これは、祟り神になった雪月の目だ！

「……ゃっ！　嫌だっ」

小さく悲鳴を上げ、逃げようとしたが、自分を組み敷いている体はびくともしない。

『ドウシタ……ナニユエ、嫌ガル』

さっきまで、可愛く応えてくれたではないかと、再び血塗《ちまみ》れの顔を近づけてくる。

『サア、神嫁。初夜ヲシヨウ。早ク、アナタト真ノ夫婦ニナリタイ』

この新しい我が家で二人きり、幸せに暮らそう。ボロボロに崩れ落ちたあばら家の室内を指し示し、ぬめりと笑う雪月に幸之助は首を振った。

「嫌だ！　やめ、てっ……違う。私は、あなたの神嫁じゃな……ひっ！」

雪月の顔から逃げるように顔を背けると、首筋に鋭い牙を立てられて、全身が竦んだ。

『悲シイコトヲ言ワナイデオクレ。私ハ、アナタヲ喰ウテ得ラレル力モ寿命モ、何モカモヲ捨テテ、アナタヲ娶《めと》ロウトシテイルノニ』

「な……何を言って……ぃっ」

『愛シテオクレ。愛シテオクレ。アナタガ愛シテクレタラ、私ハ何モイラナイ。ソレダケデイイ。月影ヲ愛スルヨウニ愛シテクレタラ……ア？　ツ、キカゲ？』

雪月の動きが、はたと止まった。

『ツキ、カゲ……ツキカゲ……知ラナイ。ソンナモノハ知ラナイ。今ハ、二百五十年前デ……初メテノ神嫁ノ儀ノ日……ダカラ、ソウダ。ウン。知ッテテハイケナイ。知ッテタラオカシイ。ウン……ダカラ、知ラナイ』

譫言のようにまくしたて、こくこくと頷く雪月に、幸之助は絶句した。

……なかったことにしている。

香澄の里の者たちを皆殺しにしたことも、月影のことも、神嫁を喰ったことも……自分に都合の悪いことは全部なかったことにして、自分は神嫁を喰わずに娶ったことにしている。

月影が、そうしたように――。

『愛シテ……愛シテ……何モナイ、兄ノ呪縛ニ囚《とら》ワレタ私ニ、幸セヲ教エテ……愛シテ……救ッテ……ッ』

ぞっとするほど恐ろしい声。醜くおぞましい化け物の姿。

けれど、幸之助に取り縋《すが》るその様は、まるで……泣きじゃくる童のよう。

この時ふと、数日前のやり取りが脳裏を過った。

幸之助に好物を言い当てられただけで、少年のようにあどけなく恥らっていた雪月。あの時は、落ち着いて大人びた彼らしくない反応に違和感を覚えるばかりだったが、今なら分かる。

あのような会話を、誰とも交わしたことがなかったのだ。

二百数十年も生きているのに、好物の話をする程度の繋《つな》がりさえ、誰とも結べなかった。

月影とさえも……本当の自分とは違う自分を演じ続けることに躍起になるあまり、心が休まったことなどなかったのだろう。

だから、この男は今なお求めている。

取り返しのつかない罪を犯してしまっても、このように異形《いぎょう》の姿になり果てても、自分を騙《だま》して事実を捻《ね》じ曲げてでも、諦《あきら》められない。

幸せとは、温もりとはどんなものなのか知りたい。救われたい。

全身で訴え、懇願してくるその様は、どこまでも憐れで、切ない。

だが、幸之助の心に湧き上がってきたのは、同情でも共感でもなく、激しい憤りだった。

「何も、ない？　なんで……なんで、そんなこと言うんです」

『カ、ミヨメ……？』

「あなたが、そんなことを言ってしまったら……あなたに身を捧げてきた神嫁たちはどうなるんですっ？　物心ついた時から、あなたの良き嫁になることを夢見て花嫁修業を頑張って、そうしてあなたに喰われた人たちは、あなたにとって何でもなかったと？」

『……っ！』

「神嫁たちだけじゃない。月影様は？　月影様もあなたには何でもなかったんですか」

確かに、月影は本当の雪月を知らない。けれど、雪月のことを大切な友人だと思っている。雪月の里が魔物に襲われた時は命がけで助けに行って、雪月がすることで自分の立場がどんなに悪くなっても、決して雪月の悪口を言ったりしなかった。それなのに……！

「どうして、そういう人たちを無視するんです。どうして、自分を傷つけるものしか見ない……いっ」

『……黙レ』

首を鷲掴《わしづか》みにされ、喉元を絞《し》め上げられる。息が詰まるとともに、恐怖が身の内を駆け巡る。

これ以上口答えしたら、殺されるかもしれない。

それでも、言わずにはいられなかった。ここまで来ても周囲を顧みず、童のような駄々を捏《こ》ねる雪月が、何だか無性にやるせなかったのだ。

「傷つけるもの全部からあなたを守って、愛情だけを無償に注いでくれるものしかいらないんですか？　だったら、あなたには……私も無意味だ」

自分にはそんな力はないし、無償の愛情だって持ってない。

月影と夫婦《めおと》になる前、幸之助は神嫁として生まれてきた己の境遇が辛くてしかたなかった。

里が今後も狗神の加護を得られるか否かは、己の身一つにかかっているという重責。表向きは神嫁と言われているが、実は贄として喰われるのではないかという恐怖。

すごく苦しかった。でも、月影はそんな自分を喰わず、嫁にしてくれた。自分を嫁として迎えるための準備と努力を、十年間も重ねてだ。

嫁にしてくれてからも、全力で大事にしてくれた。あれほど嫌でしかたなかった己の境遇を愛することを教えてくれた。

己にないものを数えて嘆くのではなく、今持っているものに感謝して、全力で大事にする。そうすれば、どんなに持っていないものが多くても幸せだ。

そんな月影を通して見る世界は、温かい色のたんぽぽに溢れ、夢のように美しい。

それは、陽日が稀狗であることが周知されてからも変わらなかった。

月影がいたから、醜い感情に支配されずにすんだ。この世界を好きでいられた。

そんな月影が大好きだ。そして、月影と自分を引き合わせてくれた己の宿命を、是とすることができた。

「救われているのは、私のほうなんです。だから、少しでも大事にしたいと思う。どんな時でも、笑っていられる」

『アア……ア…アアアアア』

雪月の赤い目が頼りなく揺れる。その目をしっかりと見据えて、幸之助は身を乗り出す。

「……本当は、もう分かっているんでしょう？　こんなことをしても無駄で、間違ってるって。でも今更だって、全部諦めて……もう、やめましょう？　こんなこと続けても、あなたが余計傷つくだけ……っ！　や、やだっ。やめ、て……それだけはっ……かはっ！」

いきなり着物を乱暴に引き裂かれたものだから、本気で抵抗すると、頬を思い切り叩かれた。反動で頭を硬い床に打ちつけられる。脳髄《のうずい》が揺れた。

『黙レ黙レ！　聞キタクナイ。ツキカゲ？　……知ラナイ。ソンナモノ知ラナ…ッ』

駄々っ子のように頭を振り、幸之助の着物を引き裂いていた雪月が、突然動きを止めた。

弾かれたように顔を上げ、背後を仰ぎ見る。

雪月越しに、梁《はり》の上から何かが降ってくるのが見える。

それは、薄闇でも分かる、美しい白銀で――。

「俺の嫁に手を出すなっ！」

腰に差していた刀を引き抜き、月影が雪月に斬りかかる。

突き出した切《き》っ先《さき》が、雪月の肩に突き刺さる。獣とも人ともつかぬおどろおどろしい悲鳴が上がった。

「つ、月影さ……わっ！」

あまりにも恐ろしい声に身が竦む。そんな幸之助の元に、月影が一目散に駆け寄って来た。

「叔父御！　受け取ってくれっ！」

幸之助を抱え上げるなり叫ぶと、月影は壁が崩れて開いていた穴めがけて、幸之助を投げ飛ばした。

あばら家から勢いよく投げ出され、見る見る月影が遠ざかっていく。

月影の姿が完全に視界から消えた時、体に衝撃が走った。黒星が体を抱き留めてくれたのだ。

「皆、かかれ！」

幸之助を抱き留めるなり、黒星が叫ぶ。

数人の狗神たちが刀を引き抜き、あばら家に向かって駆け出した。それを見届けて、黒星は抱きかかえた幸之助に目を向けてきた。

「神嫁殿、大事ございませぬかっ？　怪我は？」

「あ……黒星、様。私は……っ」

大丈夫ですと言いかけ、幸之助は目を瞠った。

黒星の顔は、血と泥に塗れてぼろぼろだった。

とっさにあたりを見回す。黒星のそばに、弓兵が十人ほど控えていたが、彼らも黒星同様、傷だらけで……無傷な者は誰一人いない。

「全く、恥ずかしい限りです。手負い相手に、この様」

「ほ、他の方々は」

自分の記憶では、あの場には百人を超える数の狗神たちがいたはずだ。

「幸い、死者は出ていませんが、動けるのは我らのみ。……くそっ！　これだから、祟り神は性質《たち》が悪い。負の感情を喰ろうて、どんどん力をつけていく」

幸之助を地面に下ろし、黒星は腰に差していた刀を引き抜く。

「何としてでも、ここで仕留めねば……ここでっ」

刀の柄《つか》を握り締め、血走った目で前方を睨みつける。その横顔は、普段ののんびり穏やかな風情が嘘のように、切迫し張り詰めている。

それだけで、事態がどれだけ深刻なのか容易に知れて、幸之助は唇を震わせた。

「そんなに危険な相手なら、どうして気づかれる前に、潜んでいる家を焼くなりしなかったんです。そのほうが、もっと安全に」

「『神嫁を囮に使って死なせては、里人に顔向けできない』」

「……え」

「月影が言ったのです。里人からの信頼の証である神嫁を大事にすることも、守護者の責務。そう言われては、否と言えなかった。あのように、傷ついておってても」

「！　月影様は、怪我をしているのですかっ。どのくらい」

幸之助は乱れた衣服を直しもせず、慌てて黒星にせっついた。その時、轟音《ごうおん》が起こり、あばら家が木っ端《こっぱ》みじんに吹き飛んだ。

瓦礫《がれき》とともに、突撃していった狗神たちの体が飛んできた。

「持ち場を離れるなっ」

地面に叩きつけられ、呻《うめ》き声を上げる仲間を助けに行こうとする兵たちを黒星が制する。

「出て来るぞ。皆、心せよ！」

幸之助を後ろ手に庇い、黒星が鋭い声で命じていると、あばら家のあった場所から、むくりと黒い塊が立ち上がった。

十尺はありそうな巨大な体軀《たいく》。全身から立ち昇る黒い煙。爛々と光る赤い目。額から生えた、折れ曲がった二本の角。血塗れの牙が覗く、耳まで裂けた大きな口。

もはや、本来の雪月の面影は欠片もない。

雪月は完全な化け物になってしまった。幸之助は呆然とその禍々しい姿を見つめていたが、祟り神の大きな手に鷲摑みにされたものを見て、悲鳴を上げた。

「月影様っ！」

祟り神が月影の顔面を摑み、その体を無造作に引きずりながら、こちらに近づいてくる。

月影は祟り神の手から逃れようと藻掻《もが》いているが、その動きはとても弱々しい。おまけに、体中傷だらけで、白い装束は泥と血で薄汚れてズタボロだ。

その痛々しい姿にたまらなくなって、思わず駆け出しかけるが、すぐさま黒星に止められた。手首を摑んできた黒星の手は、滑稽なほどに震えている。

『……ソコヲ、退《ど》ケ』

ぎょろりと瞳を動かし、祟り神が命令してくる。

『私ハ……神嫁ト、遠クへ行ク。ココデハナイ、ドコカへ』

誰も何も言わない。動かない。祟り神は、月影を摑んだ手を高々と掲げた。

『退カヌナラ、貴様ノ可愛イ甥《おい》ッ子ノ頭蓋骨ヲ握リ潰スゾ』

摑む手に力を込めたのだろう。月影が声にならない悲鳴を上げ、体は苦しそうに身悶《みもだ》える。

月影が殺される。そう思ったら、言いようのない恐怖が幸之助を襲った。

「やめて！　もう、やめてくださいっ」

幸之助は悲痛な声を上げて懇願した。

「分かりました！　私が必要だとおっしゃるなら、今すぐそちらに参ります。何でも致します！　だからどうか、月影様にひどいことしないで……」

「矢を番《つが》えっ」

涙ながらの懇願が、大きな号令で遮られる。幸之助が「えっ」と声を漏らす間に、弓兵たちはそれぞれ矢を取り出し、弓に宛《あて》がい始める。

月明かりに鈍く光る鋭い矢じりに血が凍る。今の状態で矢を射ったら、間違いなく月影にも当たってしまう！

「やめてください、黒星様っ。こんなの……」

『……ハハ、ハハハ』

月影を盾にした体勢のまま、祟り神が乾いた声で嗤った。

『アレダケ、甥ガ可愛イト言ウテオイテ』

「……」

『ヤハリ、嘘ダッタ。口先ダケダ。本当ハ、残白ト、腹ノ中デ疎ンデイタ……ッ』

祟り神は目を見開き、身じろいだ。幸之助もはっとする。

黒星の傷ついた頬を、涙が伝っている。

『ナゼジャ……泣クホド嫌ナラ、ナニユエ』

「貴様には、分からぬ」

お前に泣き顔を見られるのは屈辱だと言わんばかりに涙を拭《ぬぐ》い、黒星が祟り神を睨みつける。

「この期《ご》に及んでまだ、月影を盾に我《が》を通そうとする餓鬼《がき》に、守護者としての責務など分かろうはずがない。ゆえになおさら、我らは引くことができなくて……」

「黒星、様……」

ただ名前を呼ぶことしかできない幸之助に、黒星はひどく苦しげに顔を歪めた。

「神嫁殿。あの餓鬼は、何としてでもここで殺さなければなりません。可愛い月影を犠牲にしようと、兄上やあなたから一生恨まれることになろうとっ」

構えい！　黒星が号令をかけると、弓兵たちが矢を構える。彼らの表情も黒星と同じく沈痛だ。彼らとて、討伐隊で月影と苦楽をともにしてきた戦友だ。辛くないわけがない。

それでも、彼らは月影に弓を構える。引く気もない。

そんな彼らを、祟り神の指の間から見つめる月影の瞳も……悲しげではあるが、凛として揺るぎなく、彼らに対しての負の感情は一切見えない。

ここで犠牲になることを、覚悟している。

我を崇める人間を守護せよ。その君命を、ただただ全うするためだけに。

そんな狗神たちのひたむきな想いは、元里人の幸之助を圧倒し、夫が今まさに射殺されようとしているのに、指先一つ動かすことができない。

祟り神も同じようだった。ひどく神々《こうごう》しいものを見るかのように後ずさる。

『違、ウ……嫌ダ……』

怯えるように、首を左右に振る。

『私ハ、悪クナイ。死シテナオ、私ヲ責メ続ケル、アノ茶色イ屍《しかばね》ガ悪イ……私ガ、殺シタンジャナイノニ。アヤツガ、勝手ニ死ンダノニ……ソレナノニ、ダカラ、ダカラ……ッ！』

狗神たちの気迫に圧《お》され、また一歩後ずさった……その時。何かが空を切った。

拳くらいの大きさをした、石のような塊だ。

どこからともなく飛んできたそれは、目にも留まらぬ速さで祟り神に突っ込み、祟り神の腹にめり込んだ。

ぼきり。と、背筋の凍るような音とともに、祟り神の体がくの字に折れ曲がる。

そのまま、祟り神の巨体は二間ほど吹き飛び、月影ともども地面に叩きつけられた。

それは本当に一瞬の出来事で、誰もが呆気《あっけ》に取られ、身動き一つ取れなかった。

その内、倒れ込む月影と祟り神の間に、先ほどの石ころが転がってきた。

いや、石ころではない。小さくて、丸っこいもふもふした体。おむつからくりんっと飛び出た尻尾。あれは――――！

「陽日様っ？」

祟り神から月影を庇うように立ちはだかる陽日の姿に、幸之助が声を上げた。

なぜ、ここに陽日が……まさか、匂いを頼りに追いかけてきたのか。

「めっ！」

おむつを穿いたお尻を突き上げた威嚇《いかく》の態勢を取り、全身の産毛《うぶげ》を逆立てて陽日が吠える。

「ついかえ、いじめゆ、めっ！」

『ア、アア…アアアア』

祟り神が声にならない声を上げ、体をがくがくと震わせる。

『ナゼ、ジャ……稀狗、ナゼ片割レヲ庇ウ。片割レナド、オ前ニトッテ、タダノ残白』

「ざんぴゃく、めっ！　わゆいこちょば！　こっこ、いってた」

「は、るひ様……」

「はゆ、ついかえのあにうえ！　おちょうちょ、いじめゆ、ゆるしゃにゃい！」

恐ろしい祟り神を真っ向から睨みつけ、舌足らずながらもきっぱりと言い切る。その毅然《きぜん》とした姿に、月影への揺るぎない愛情が、幸之助にははっきりと見えた。

祟り神にも陽日の想いが伝わったのだろう。体が雷に貫かれたように痙攣《けいれん》した。

『ソ、ンナ……ソンナ、今更……アア、アア……アニウ、エ……』

くぐもった声で呟かれたその言葉。

瞬間、陽日はおもむろに威嚇の態勢を解き、小首を傾げた。

「あにうえ？　……！　おまえ、はゆの、おちょうちょ？」

『エ？　……ア、ア、ア』

「おちょうちょ！　はゆの、おちょうちょ！　ふえた！　いっぱい！」

絶句する祟り神をよそに、陽日は目を輝かせ、嬉しそうにくるんっと一回転した。弟が増えたと無邪気に喜ぶ陽日の様に、祟り神の瞳はますます頼りなく揺れる。

『ア、ア、アア……アニ、ウエ……』

兄上。掠れた声でもう一度呟き、覚束ない所作で陽日に手を伸ばしかけた、その時。

「放てっ！」

黒星の号令とともに、矢が一斉に放たれる。

矢は真っ直ぐに、祟り神へと飛んで行く。

けたたましい悲鳴が、あたりに轟《とどろ》いた。

全身に矢が突き刺さった祟り神が、苦しみ藻掻いてのたうち回る。

「駄目だ、まだ死なないっ。もう一度、矢を……っ」

命令しかけて、黒星が息を呑む。陽日が地面に突っ伏す祟り神の元へ一目散に駆けて行ったからだ。

「おちょうちょ！　おちょうちょ！」

『……ア、ニ…ウエ』

「いたいいたい？　だいじょうぶ？」

一目見ただけで血が凍りつくような醜い顔を、小さな舌で懸命に舐め、桃色の肉球で頬を撫でる。

「陽日っ、その者から離れなさい！　その者はあなたの弟では」

「黒星様、待ってくださいっ。あれ」

いきり立つ黒星を制し、幸之助は祟り神を指差した。

祟り神の体から立ち昇る煙の色が、漆黒から白へと変わっていく。

体中を覆っていた黒いもやも消えていき、十尺近くあった体も見る見る縮んでいく。

白い煙が消えた後、そこには幸之助のよく知る雪月の姿があった。身なりはぼろぼろで、額に角は残っていたけれど、陽日を見上げる瞳には、理性の色がはっきりと見えた。

「おちょうちょ！　おちょうちょ！　いたいいたい、なおった！」

上体を起こした雪月に、陽日がはち切れんばかりに尻尾を振り、飛びつく。その姿を雪月は呆然と見つめていたが、ふと俯いたかと思うと、はらはらと涙を零し始めた。

「おちょうちょ？　いたいいたい、なおってない？」

雪月は何も言わない。けれど、幸之助には雪月の涙のわけが苦しいほどに理解できた。

己を苦しめる全ての元凶だと、徹底的に悪者にしてきた亡兄と重ねて忌み嫌ってきた陽日の優しさに触れて、雪月はついに認めたのだ。

憎しみのあまり、自分で歪めてしまった世界。取り返しのつかない過ち。

自分の望む世界など、最初からどこにもなかった。居場所が欲しいなら、どんなに辛くても、自分自身の力で作るより他なかった。

そう……何もかもが手遅れになってしまった今になって、悟った。悟ってしまった。

雪月にはもう、何もない。どこへも行けない。

雪月自身が、作れたかもしれない居場所を全て壊してしまったから。

それなのに、今更——。

幸之助は何も言うことができない。多くの仲間を傷つけられ、雪月に怒りを燃やしていた狗神たちさえも……それほどまでに、今の彼の姿は痛々しく憐れだった。

「……馬鹿、者」

重苦しい沈黙が、小さな溜息で打ち消される。そちらに目を向け、幸之助は息を詰めた。

月影だ。刀を杖代わりにして起き上がると、重傷の体を引きずり、雪月へと近づいていく。

「困ったお方じゃ。誠は、皆に認めてほしい、好いてほしいと、誰よりも願うておるくせに、嫌われるようなことばかりして、せっかく伸ばされた手も、信じられずに振り払うて……挙げ句の果てに、自棄《やけ》になって人様の嫁にまで手を出しくさって」

「……つ、きかげ」

雪月が震えた声を漏らす。月影を見上げる表情も非常に幼く、心許《こころもと》なくて……まるで、親に見捨てられた子どものようだ。

「馬鹿、分からず屋……大馬鹿っ」

今にも泣きそうな顔で浴びせてくる、月影の下手くそで拙《つたな》い罵声にさえ、全身を震わせる。けれど、それでも、

「誠に、困った友よ」

くしゃりと柔らかく微笑った月影に、そんな言葉を投げかけられた瞬間、雪月は両の目を大きく見開いた。

「……と、も？」

掠れた声で呟く。月影がその単語を口にしたことが信じられないというように。

月影が少し不機嫌そうに鼻を鳴らす。

何を驚いているのだ。そんな当たり前のことを。と、言わんばかりに。

雪月の目がますます大きく見開かれる。しかしすぐに閉じられて、顔を俯けてしまった。

雪月は何も言わない。月影も何も言わない。

また、あたりに沈黙が落ちる。けれど、不思議と先ほどのような重苦しさを感じない。それどころか、どこか居心地のよさまで感じてしまう。

この感じ、覚えがある。幸之助が月影に言い出し辛いことで悩んでいる時、幸之助が打ち明けるまで、そっと寄り添い待ってくれる。あの時に感じるのと同じ空気だ。

この、どこまでも甘やかしてくれる柔らかな空気に包まれてしまうと、どんなに意地を張ろうと思っても駄目で……と、思った時。

「月、影……」

雪月が月影の名を呼んだ。少し、名残惜《なごり》しそうな声。

「ゆかれるか」

顔を上げ、しっかりと月影の目を見て尋ねる。「ああ」と、月影が深く頷いてみせると、雪月はまるで、眩《まばゆ》いものを見るように、両の目を眇《すが》めた。

「そう、か」

言葉少なに答えて目を瞑《つむ》り、小さく息を吐く。

「……おちょうちょ？」

雪月の顔を覗き込んでいた陽日が、不思議そうに首を傾げる。

雪月は一度だけ、遠慮がちに陽日の頭を撫でると、そっと地面に下ろした。

刹那、雪月は地面を蹴り、月影めがけて駆け出した。

途中、地面に落ちていた太刀《たち》を拾い、振りかざして、月影に斬りかかる。

月影は、少しも慌てたりしなかった。ただ静かに向かってくる雪月を見据え、振り落とされる刃を持っていた刀で弾き、返す刀で……雪月の胸に刃を突き立てた。

優しく、抱き締めるように引き寄せ、切っ先をさらに潜り込ませる。

幼子を寝かしつけるように、止《とど》めを刺した。

そして、そのまま力尽きたように、雪月の屍を抱き締めたまま、地面に倒れてしまった。


その後、幸之助と月影は黒星たちに連れられて屋敷に戻り、手当てを受けた。

月影は全治二ヶ月という大怪我だったが、幸い命に別状はなかった。人型を保っていられないほど、体も衰弱していない。

それなのに、月影は昏倒してからずっと目を覚まさない。

夜が明けても陽が山に沈んでも、魘《うな》されることも身じろぐこともなく、昏々《こんこん》と眠り続ける。

そんな月影に、幸之助と陽日はずっと寄り添い続けた。

「ついかえ、おきゆ？　ないないちない？」

陽日は何度も幸之助に聞いてきた。

月影とともに目の前で倒れた雪月が、昼には荼毘《だび》に付され、その姿が消えていく光景を目《ま》の当たりにしてしまっただけに、不安でしかたないのだろう。

そんな陽日に、月影はもうすぐ起きる。大丈夫だと何度も言い聞かせた。でも……実を言えば、不安で押し潰されそうなのは、幸之助のほうだった。

本当は、他の怪我人たちの看病や食事の支度《したく》など、色々手伝わなければならないことがあると分かっていたけれど、どうしても月影のそばを離れることができない。

手伝いをして戻ってきて、月影が冷たくなっていたら。そんな不安を抱いてしまうほどに、今の月影からは生気が感じられない。

（……月影様。……月影様っ）

月影の手を握り、心の中で懸命に名前を呼び続けた。

そして夜、陽日がすやすやと眠りについた頃、雲間から零《こぼ》れた月明かりに促《うなが》されるように、月影の目がうっすらと開いた。

覚醒しきっていないぼんやりとした瞳は、しばし宙を泳いだ後、傍らで月影の手を握っている幸之助の姿を捉えた。

「……ずっと、おったのか」

目が合うなり、そう言って微笑む月影に、幸之助はくしゃりと顔を歪めた。

「申し訳、ありません。本当は、皆様のお手伝い……しなきゃ、いけなかったのに……っ」

握っていた手を突然振り払われて、幸之助は肩を震わせた。

月影はゆっくりと上体を起こすと、縮こまる幸之助の頭に手を添え、そっと胸に抱き寄せてきた。

「聞こえるか？　俺が生きている音が」

「あ、あ……き、こえます。月影様の、音」

「では、案ずるな。俺は生きておる。死んだりせん。大丈夫じゃ」

胸の内を見透かしたようなことをさらりと言われ、あやすように背中を擦《さす》られる。瞬間、堪えていた涙腺が簡単に壊れてしまった。

「ごめ、んなさい。武人の嫁のくせに、こんな……でも、でもっ……うう」

もっと月影の生きている感触が欲しくて、月影の胸に頬を擦り寄せる。月影は苦笑したが、ふと「む？」と声を漏らし、首を捻った。

「なにゆえ、しがみついて来ぬ。いつものぬしなら……！　まさか、手に怪我をして」

「ち、がいます。ただ……一度抱きついてしまったら、加減が利かなくなって、月影様の怪我を悪化させてしまいそうで」

震える声でたどたどしく告げると、月影の耳がピンッと立った。

「なんとっ？　ははは。背骨をへし折ってしまうくらい、俺を抱き締めそうなのか？」

「は、はい。今なら、肋《あばら》も全部折ってしまいそうな気がします」

恥を承知で正直に答えると、月影は声を上げ、おかしそうに笑った。

「子リスのように愛らしい面相をしておる分際で、なんと物騒な……ははは」

「！　月影様を求める心の強さに、顔は関係ありませんっ」

心外だとばかりに幸之助が頬を膨らませた、その時。

「ついかえええ！」

目を覚ましたらしい陽日が、四肢を大きく広げ、勢いよく月影に飛びついた。

「ついかえ！　ついかえ！」

「あ、兄上。分かりましたゆえ、そのように顔を舐めない……む？　何やら暖かい……わあ！」

月影は悲鳴を上げた。陽日が嬉しさのあまり、月影の腹に粗相をしていたのだ。

陽日は粗相をしたことにも気づいていないようで、黄色いシミがついたおむつを穿いたお尻ごと尻尾を振りながら、月影の顔を舐め回す。

そんな陽日に、幸之助は思わず笑ってしまった。

「ヨメ！　ぬしは何を暢気に笑うておる。早う助けぬか」

「あ……はい。すみません。陽日様、おむつを取り替えましょう。そのような姿を梓様に見られたら、嫌われてしまいますよ？」

途端、陽日の毛が逆立った。

「あずしゃ、はゆ、きやい？　……だめえ！」

月影の腕の中から飛び出し、一目散に駆けていく。その様を二人はきょとんと見ていたが、しばらくして顔を見合わせ、笑いだした。

「全く。兄上のお漏らし癖も困ったものじゃ」

「はい。でも、怒らないであげてください。陽日様、とても心配しておられたんです。だって、あんな……っ」

慌てて口をつぐんだ。しかし、時すでに遅く、月影の顔から笑みが消え、完全な無表情になってしまった。それまで和んでいた場の空気が、一瞬にして冷える。

「つ、月影様。あの……」

「着替え、手伝うてくれるか」

幸之助の言葉をやんわりと遮り、月影がそう言ってきた。

おずおずと頷き、着替えを手伝う。

声はかけない。月影が何やら深く考え込んでいるふうだったから。

討たねばならなかった相手とはいえ、友を自らの手で討った後なだけに、心配になる。

どこか思い詰めた風情にはらはらしながら、着替えを終えた頃。月影が己を落ち着けるように息を吐いて、幸之助の名を呼んできた。

「雪月様は、どうなった」

「……はい。昼間、荼毘に付されました。お墓は後日、立てることに」

「……そうか」

言葉少なに言って、月影は小さく笑った。でも、耳はしゅんと下がっていたし、表情は強張って……無理矢理笑ったのが見え見えだ。

そんなものだから、「あ、あの……っ！」と、幸之助は思わず声を上げた。

「雪月様のことをよく知らぬ私が、こういうのも変ですけど……雪月様のお顔、とても穏やかでした」

「……」

「色々、思うところはあったと思います。でも、その……あのような安らかなお顔で逝《い》けたのは、月影様がいたからだと……っ」

「ぬしは、優しいのう」

幸之助の頬を撫でて、月影が静かに笑う。

「雪月様からあのように惨い仕打ちを受けたというに、雪月様のことも、その雪月様のことをまだ友という俺のことも労《ねぎろ》うてくれて、ありがとうな？　……だが」

月影は幸之助から目を離し、窓から見える月を仰ぎ見た。

「幸之助。雪月様は、友の手で楽になりたくて、俺に斬りかかったのではない。己を斬らせることで、俺を先に行かせようとしたのだ」

今回の討伐で手柄を立て、雪月と自分は違うことを証明しなければ、月影に未来はない。

黒星の言葉が思い出される。

雪月は、自分のせいで友の未来を潰したくなかった。だから、自ら進んで月影に斬られたということか？　しかし、月影は違うと首を振る。

「権利が、欲しかったのだ」

権利？　と、首を傾げかけ、幸之助はびくりと肩を震わせた。

「ぬしは、雪月様は安らかだったと言うたが……何が、安らかなものか」

己の右手……雪月に止めを刺した手に、視線を落としたとび色の瞳。

その瞳から発せられる光が、かつて狗神たちへの憎しみを語っていた雪月のそれと、完全にだぶって見えた。

激しい怒りで瞳は炎のように揺らめいているというように、その色は氷のように凍《い》てつき、底なし沼のように暗くて、見ているだけで悪寒が走る。

——月影も、雪月殿と同じ鬱憤や危うさを抱えておる。

先日、白夜に言われた言葉が脳裏を過る。

月影はおくびにも出さないが、雪月が抱くそれと同じような鬱屈を抱えていると思ってはいた。だが、まさか……雪月に匹敵するのではないかと思うほどとは、思うわけもなくて。月影から、このようにどす黒い感情を感じ取ったことなど、今まで一度もなかっただけに、幸之助は内心狼狽した。けれど——。

「雪月様は、息の根が止まるその時まで、心を滾《たぎ》らせておられた。このままで終わりとうはない。『やはり、残白は稀狗様に全てを捧げて、死んでいればよかったのだ』と、嗤われとうないとっ」

ここで、月影の目つきが変わった。

相変わらず、憤怒は色濃く残っていたが、冷え冷えとしていた瞳に光が宿り始める。憎悪の炎よりも眩く、美しい……これは。

「この世界から逃げたかった。それも確かにあるが、それと同じくらい、雪月様は証明したかったのだ。稀狗の片割れであろうと、権利はあると」

生きる権利。己に誇りを持つ権利。幸せになる権利。

「兄の残滓《ざんし》であろうと、白狗であろうと……ゆえに、雪月様は最後の最後、自分が今持っている全てを賭して、ともにゆくと言うてくだされた。俺が信じた道をともにっ」

右手を強く握りしめる。雪月を手にかけた時の感触を思い出すように。

その横顔に、幸之助はぞくりとした。

この凛とした表情。月影が何か覚悟を決めた時の顔だと思っていると、「神嫁様！」と、ひどく慌てた呼び声とともに、誰かが部屋に入って来た。兵部と兵吾だ。

「月影様は……ああ、よかった。お目覚めでございましたか。起きて早々申し訳ございませんが、神嫁様とともに大広間に来ていただけませんか？　皆様、お待ちでございます」


「おお、問題児！　しばらくだのう」

案内された大広間の襖を開くなり、潑剌《はつらつ》とした声がかかる。この声は確か……と、部屋の中を覗き込み、幸之助は目を丸くした。

上座に敷かれた座布団にちょこんと座る、水干姿《すいかん》の童子《どうじ》と浴衣《ゆかた》を着た丸眼鏡《まるめがね》の童子の姿が見える。

「福禄寿《ふくろくじゅ》様、寿老人《じゅろうじん》様！　また、一体どうなされたのです？」

「ええ、ええ！　言ってやってください」

眦をつり上げ、寿老人が心底不機嫌そうな声で唸る。

「本当はね、楽しい湯治に行くことになっていたんです！　私なんて、ほら！　この日のために誂《あつら》えた浴衣を着て待っていたんですよ？　それなのに、またしてもアンポンタンのフクタンが！　フクタンが！」

浴衣の袖を摑みつつ、もう片方の手で隣に座る福禄寿の頰を思い切り抓《つね》る寿老人に、福禄寿は悲鳴を上げた。

「ひい！　ジュロタン、許して！　この仕事が終わったら、ちゃんと連れてってあげるから。……ほら、そこ！　何をぼけっとしておる。さっさと座らぬか」

涙目な福禄寿に促され、幸之助は月影とともに慌てて指し示された場所に向かい、正座した。が、座ってみてすぐ、周りの状況にぎょっとした。

上等な布で作られた直衣《のうし》に身を包んだ、見慣れぬ狗神たちが幸之助たちを囲むようにして仰々《ぎょうぎょう》しく鎮座している。その端には、黒星に付き添われた白夜の姿もあり……どうやら、この狗神たちはよその里の長たちのようだと幸之助が思っていると、福禄寿が抓られた頰を擦りながら、唇を尖《とが》らせた。

「全く。そちのせいぞ？　問題児。そちが次から次へと色々やらかすものゆえ、どうにもまた会いとうなってしもうたではないか」

「色々？　はて。俺は何かしましたか」

月影が耳の端をピコピコさせて暢気な声を漏らすと、寿老人は呆れたように目を見開いた。

「普通、兄弟が稀狗だと分かったら、大人しく引っ込んでいるものですよ？　表に出れば、稀狗を授かった白夜殿たちへの妬みが、あなた一人に向かうのですから。相当、惨い八つ当たりをされたのではないですか？」

その場にいた狗神たちは皆、ぎくりと肩を震わせ、後ろめたそうに目を逸らす。そんな中で、月影は朗らかに笑う。

「俺は里人より、このように可愛い嫁を貰《もろ》うた身でございますれば、里のためにもりもり働かねばなりません」

「また！　そちは隙あらば惚気《のろけ》に持っていくのう」

「はは。惚気など申しておりません。事実を申しておるまでです！」

「つ、月影様！　そういうことは二人きりの時に言ってくださいっ」

ポンポンたんぽぽを咲かせつつ胸を張る月影と、その袖を引っ張る赤面顔の幸之助に、寿老人は口をあんぐり開けた。

「全く、呆れるほどのほほんとした方々ですね。陽日殿が稀狗と分かってからは辛い仕打ちを受けていたろうし、昨夜などは死にかけたというのに……ふむ。確かに、山神殿が惜しくなるわけだ」

山神様？　月影が目を瞬かせると、福禄寿は改まったように姿勢を正した。

「此度ここへ参ったは、山神殿からの言葉をそちに伝えるためじゃ。誠は山神殿自らが参ろうとしておったが、わしが無理を言うて、代わりに来させてもろうた。どうしてもそちの反応が見たくてのう」

「反応……と、申しますと？」

「山神殿は、此度のそちの働きを大変喜んでおる。稀狗の片割れでありながら、天晴《あっぱれ》とな。で、生命を司《つかさど》る神であるわしに頼んできた。そちを普通の狗神にしてやってくれと」

場が一気にどよめいた。月影の顔からも、笑みが消える。

「お、恐れながら、白狗を贄を喰わさずして普通の狗神にするなど、前例がありません」

「知っておる。されど、こやつにはそれだけの価値がある」

おずおずと声を上げる狗神にきっぱりと返す福禄寿の横で、寿老人が懐《ふところ》から取り出した帳簿をめくりつつ頷く。

「此度の働きもそうですが、時流を見据え、贄を喰うことをやめた決断力、里人とよりよい関係を築いた外交力、そして、差別に負けぬ心。これほどに強靭《きょうじん》で清冽《せいれつ》な魂の持ち主はそうはいない。稀狗とは違う意味で、彼もまた、数百年に一度の逸材です」

周囲のどよめきがよりいっそう大きくなる。

無理もない。七福神という最高位の神たちから賛美を贈られているのだ。これほどに栄誉なことはない。

稀狗の片割れだからという理不尽な理由で迫害され続けていた月影が、ついに認められた。月影の努力が実った！　と、喜ぶ場面だ。

けれど、幸之助の心が浮き立つことはなかった。

それは、月影が普通の狗神となり、月影と同じ時の流れを生きられなくなってしまうことを愁《うれ》えているから。というわけではなく、隣に鎮座する月影の横顔のせい。

月影は、完全な無表情だ。にこりともしていない。

今、何を考えているのか。幸之助が静かに様子を窺っていると、福禄寿が再度口を開いた。

「されどなあ。わしは山神殿に言うたのじゃ。あの問題児には、べた惚れの愛妻がおる。嫁が早々に死んで、その後何百年も生きるのは嫌じゃと駄々を捏ねようと。そうしたらのう。なら、ついでにその嫁も狗神にしてくれと言うてきた」

「わ、私もですかっ？」

予想だにしていなかった言葉に素っ頓狂な声を上げると、福禄寿が頷いてみせる。

「そちの活躍も山神殿の耳に届いておる。危険も顧みず囮役を申し出、祟り神を討ち取る際は隙を作り、大いに役に立ったと。そのような者を、人間にしておくのは惜しいと」

「そ、そんな……私は、ただ……その」

突然褒められてどぎまぎする幸之助に、寿老人は笑みを浮かべる。

「よかったですね。これで、白狗、人間の分際でと後ろ指を指されることもないし、他の狗神たちと同じように歳《とし》を取っていける。ねえ？　白夜殿」

突然呼びかけられた白夜は、びくりと尻尾を震わせた。しかし何も言わず、何の感情も読み取れぬ顔を俯けるようにして平伏するばかりだ。

その態度を、言葉を紡げぬほど喜んでいると解釈したらしい寿老人は、ますます笑みを深め、幸之助たちに向き直った。

「山神殿の格別な計らいに感謝し、二人はこれからもお役目に励むように……」

「福禄寿様、寿老人様」

ここで、それまで黙っていた月影が、寿老人の言葉を遮った。

感情を押し殺した、少し震えた声。

「格別のご配慮、痛み入ります。されど……どうか、その件は平にご容赦を」

頭を深々と下げてきっぱりと言い切る。瞬間、月影を普通の狗神にしてやると福禄寿が言った時以上に、場は騒然となった。

『このようにまたとない話を……何を考えておるのだ』

『どれだけありがたいお話か、理解できておらぬのか？』

戸惑いに満ちた周囲の小声が聞こえてくる。

「ご容赦って、それは……断るということですか？　どうしてっ？　白狗でいたって、いいことなど何も」

「いいも悪いもありませぬ」

顔を上げ、驚愕する寿老人を見据えると、月影は居住まいを正した。

「俺は加賀美の里における贄のしきたりを終わらせました。ゆえに、最期まで白狗としての生を生き抜く義務がございます」

「義務、とな？」

これ見よがしに聞き返してくる福禄寿に、月影は深く頷いてみせる。

「はい。そうでなければ、これから生まれてくる、贄が喰えぬ白狗への筋が通りません。また、我が父のように、本来守護すべき者を喰ろうて『普通』になった、これまでの白狗たちの苦悩と覚悟を思えば、己だけ、その業を背負わず『普通』になるなど言語道断」

またも聴衆がどよめく。当然だ。皆、月影は幸之助に籠絡されて、周囲の迷惑を顧みず嫁にした色惚けだと、散々こき下ろしていたのだから。

「そ、それは……でも、このままではあなたがあまりにも可哀想……」

可哀想。その単語が寿老人の口から発せられた瞬間、月影はカッと目を見開いた。

「またっ、俺は誇りを持って、この白狗としての生を生きる道を選びました」

語勢が強まるとともに、月影の眼《め》によりいっそう凄みが増す。

「人を喰わずとも、白狗は立派に生きていける。俺はそう信じておる。ゆえに、己を憐れなどとは思わぬし、引け目に思うたりもいたしませんっ」

——証明したかったのだ。稀狗の片割れであろうと、権利はあると。

——生きる権利。己に誇りを持つ権利。幸せになる権利。

どこまでもひたむきな叫びに、先ほどの月影の言葉が蘇る。

それと同時に、思い出されるのは雪月のこと。

——遠くへ参ります。狗神も人間もいない……誰も兄を知らない世界へ。

ずっと、そうなることを願っていた雪月。けれど、月影を詰った言葉は……。

——あなたはいつもそうだった。もうこの道以外選べない私に、今更なことばかり言うっ。

人を喰わない白狗は役立たずと教えられ、残白は誰にも愛してもらえないと思い込んで生きてきた雪月にとって、人を喰わず、ありのままの自分で、狗神や人間たちとともに生きていくだなんて発想は、思いつきもしなかっただろう。

——ああ。どうして……もっと早うに、巡り会うてくれなかったのです？

もっと早く、月影に出会えていたら、雪月はどうしていただろう。狗神と人……そして、自分に絶望する前、人を喰う前に出会えていたら。

——ゆかれるか。

その問いに頷いてみせた月影に斬りかかった刹那、雪月が垣間見《かいまみ》たもの。

（……ああ。そうか）

「俺の言っていることが、夢物語とお思いか。ではなおのこと、俺を白狗のままでいさせてくだされ。俺が正しいことを、この生涯をもって証明してみせましょうぞ！」

（雪月様は……月影様の、今のお姿を見たんだ）

穢《けが》れのない白銀の容姿のままに、この場に居並ぶ誰よりも気高く、凛々《りり》しく胸を張る残白の雄姿を。

ああ。この光景はどれほど、雪月にとって、眩しかったことだろう。

月影の気迫に飲まれてしまったように黙り込む狗神たちの中、幸之助はそっと、震える唇を噛みしめた。

「……ぷっ！　ははは」

不意に、福禄寿が我慢できなくなったとばかりに噴き出し、声を上げて笑い出した。

「そう来たか。やはり、そちは面白いのう」

「むう。福禄寿様の受け狙いで申しておるわけではありません」

不服そうに尻尾で床を叩く月影に、福禄寿はますます笑った。

「そうかそうか。しかしなあ。そちが此度の祟り神のようにならぬという保証はどこにも」

「ご心配には及びません」

別の声が答える。それまで黙っていた白夜だ。

「もし、万が一月影が祟り神になるようなことがあれば、我が一族が責任を持って討ち果たします」

皆様に、ご迷惑はおかけいたしません。何の淀みもなく言い切り、頭を下げる。

その姿に、寿老人は目を瞠ったが、すぐ……困ったように笑った。

「あなたは……何とも、難儀な性分ですね」

「……」

「でも……『人を喰わずとも、白狗は立派に生きていける』そう言えば、それは元々、あなたが言い出したことでしたね。あの時は、時代が許さなかったが」

そこまで言って口を閉じると、寿老人は横にいる福禄寿に目を向け、小さく頷いた。それに頷き返し、福禄寿が再び月影に向き直る。

「本当に、よいのだな？　このように良き話は、二度とないぞ？」

「はい」

即答だった。微塵《みじん》の迷いもない。

「そうか。では、証明してもらおうではないか。楽しみにしておるぞ」

やはり、今日は来てよかった。愛おしげに両の目を細め、福禄寿は最後にそう結んだ。


福禄寿たちを見送った後、幸之助は月影とともに部屋に戻った。

その途中、月影がおもむろに声をかけてきた。

「すまぬが、痛み止めの薬をもろうて来てくれぬか？　少々傷に障ったらしい」

「……分かりました。月影様は先に部屋に戻っていてください」

月影は「すまぬな」と笑みを返し、背を向けた。

遠ざかっていく背を見つめ、幸之助は肩を竦める。

普段の月影なら、「痛み止めが欲しい」だなんて弱音は、絶対口にしない。それなのに。

（……相当、一人になりたいんだな）

「……あれ？」

背後から声がした。振り返ると、兵部と兵吾が立っていて、「月影様は？」と尋ねてくる。

「月影様は、先に部屋にお帰りになりました。お疲れになったようで」

「そう、ですか。起きたばかりであのご演説、傷ついた体には応えたのでしょう」

「どうぞ、今日はもうごゆるりとお休みくださいませ」

幸之助が礼を言うと、兵部たちはあたりを見回してから、顔を近づけてきた。

「ここだけの話、先ほどの長様たちの顔は傑作でございました。いい気味です。でも、月影様が普通の狗神になることを辞退されたことは……いえ、何でもございません」

「月影様、ご立派でございました。我らはこれからも……何があろうと月影様の味方です。困ったことがありましたら、何でもお申し付けくださいませ」

無理をして笑うその顔に、鼻の奥がつんとなった。

――よう、言うたな。

先ほど、言葉少なにそう言って月影の肩に手を置いた白夜の顔が思い出される。その顔には穏やかな表情が浮かべられていたが、幸之助には泣いているように見えた。

愛する我が子が、己より先に老いて死んでいく。

致し方なしと受け入れているだろうが、できることなら月影がそんな目に遭わずにいてくれたらと、心のどこかで願っていたに違いない。

それなのに、月影は自らその機会を放棄してしまった。

贄のしきたりを終わらせた者の責務ゆえと、頭では分かっていても、どれほど辛いことか。

白夜だけではない。黒星も兵部たちも……皆、傷ついている。

月影への愛情が、深ければ深いほどに。

そして、月影もまた、白夜たちへの深い思慕のために傷ついている。

自分は白夜たちに迷惑をかけ、傷つけるようなことばかりしていると。

普通の狗神にしてやると言われたあの時。おくびにも出さなかったけれど、月影の心は激しく揺れたに違いない。

確かに、福禄寿からの申し出を受ければ、これから生まれてくる、贄を喰うことができない白狗たちに対し、筋を通せなくなる。

残白、白狗の権利を証明してほしいという雪月の願いも踏みにじることになる。

だが、普通になれば、自分を愛してくれる身内をこれ以上傷つけずにすむ。力を得て、寿命が延びれば、やれることだって増える。

それでも、月影は筋を通すことを選んだ。

とても情が深いのに、決して情に流されない。己は勿論、大事な人を傷つけると分かっていても、自分が正しいと思ったことは絶対に曲げない。

心の中で血の涙を流しながらも進み続ける。

誰よりも強く、誰よりも愚直で、誰よりも……哀しい魂。

白夜たちが心を痛める気持ちは、よく分かる。

しかし、そんな男でなければ、誰も成し得なかったことをやり遂げることはできない。

全てを失い絶望した雪月が、希望を見出《みいだ》すこともなかった。

この男なら、必ず成し遂げてくれる。自分という存在を、価値あるものに変えてくれると。

白夜だってそうだ。月影の生き方は父親としては辛いが、自分が成し得なかった志を月影なら叶えてくれると信じ、全力で後押しする覚悟を決めている。

——もし、万が一月影が祟り神になるようなことがあれば、我が一族が責任を持って討ち果たします。

あの言葉は、その想いが切実に表れていた。だから……。

気がつくと、幸之助は駆け出していた。

転がり込むように部屋に戻ったが、月影の姿はない。あたりを見回すと、庭先で佇《たたず》む白い背中が見えた。

傷だらけの素肌のせいか。それとも、青白い死んだ光のせいか。ひどく痛々しく見える。

その背に声をかけると、月影がゆっくりと振り返った。

「む？　いかがした。そのように血相変えて」

その顔には、いつもの朗らかな笑みが浮いている。

また、辛さを隠して一人で抱え込む気なのだ。

そう直感した幸之助は、月影が何か言う前に駆け寄り、口を開いた。

「ち、義父上様たちのことですが、心配は無用でございます。私が、何とかいたします！」

「は？　ぬしは、いきなり何を……」

「月影様を幸せにいたします！　義父上様たちが月影様を不憫《ふびん》だと思わぬほど、誰よりも幸せに。そうすれば、義父上様たちが心を痛めることはなくなります」

「……っ！」

「ですから、どうぞ振り返らず、月影様が信じた道を突き進んでくださいませ」

勢いのまま、力強く宣言する。

でも、月影は何も言ってくれない。口をあんぐりと開けたまま、ぽかんとしている。

自分は何か変なことを言ってしまったのだろうか？　うんともすんとも言わない月影に不安になっていると、

「……それ、では」

小さな、掠れた声が耳に届く。

「ぬしは？　ぬしのことは、誰が幸せにする？」

そんなことを聞いてくる。幸之助は思わず笑ってしまった。

「月影様が幸せになればなるほど、私も幸せになれるのです」

月影様の幸せが、幸之助の幸せです。にっこりと微笑って、月影の手を握った。瞬間。

ポポポポポポポ……ンッ！

ほとんど爆音に近い大きな音が轟いたかと思うと、広大な枯山水《かれさんすい》の庭一面にたんぽぽが花開くではないか。

「月影様。こ、これは……わあ！」

幸之助は悲鳴を上げた。突如、月影が飛びついてきたかと思うと、幸之助を横抱きに抱え上げ、空高く飛び上がったからだ。

「ああ！　もう！　何なのだ何なのだ！」

奇声を発しながら、月影が空中で宙返りする。その間も、鼓の音は鳴りやまない。

「ぬしは、なにゆえいつもそうなのだ。夫より格好いいことを言いくさって、俺の立場がないではないか！」

「あ……出過ぎたことを申しました。でも、幸之助は少しでも月影様のお役に立ちたいのです。義父上様や雪月様たちと同じように、私も月影様が進まれる道の先を見てみたいから」

「父上や雪月様と、同じように？」

不思議そうに耳をぱたぱたさせる月影に、幸之助はこくりと頷いてみせる。

「先ほど、気がついたんです。私自身も、悔しかったんだって」

神の眷属《けんぞく》である狗神のほうが、人間よりずっと上位の存在であると分かってはいる。

文明が進み、力をつけてきた途端、狗神たちへの信仰心を急速に失いつつある人間を、薄情だと恨みに思う気持ちも、悲しいが理解している。

それでも、人間というだけで、身勝手で矮小な存在だと決めつけられるのは嫌だ。

自分のことは勿論、自分に愛情をもって育ててくれた里人たち、自分を認めてくれた月影や白夜たちさえも馬鹿にされたようで我慢ができない。

人間の身であろうと、卑屈になりたくない。胸を張って生きたい。

自分を馬鹿にしてきた連中を、一時とはいえ圧倒した夫の雄姿を見て強く思った。

そして、理解したのだ。雪月や白夜もまた、今の自分と同じ気持ちでいたのだと。

逃げなくても、人を喰わずとも、生まれてきたありのままの姿、白狗として胸を張り、生きていきたかった。

月影が進もうとする道の先に、その夢を見た。

「私にも、見えたのです。稀狗の片割れであろうと、人間であろうと、胸を張って立派に生きていける未来が。だから、月影様とともにいきとうございます」

立ち止まらず、走り続けてほしい。

いまだに噴き出してくる情熱が命じるままに、再度希《こいねが》う。

そんな幸之助に月影はまたも目を瞠ったが、すぐにくしゃりと顔を歪めて笑い出した。

「ぬしという奴は。あの場面でそのようなことを考えておったとは……はは」

誠に、敵《かな》わぬなあ。溜息を吐くように言い、ぎゅっと抱き締められる。その時。

「……何をしておるのだ」

突如かけられた言葉に、弾かれたように顔を上げる。

ぎょっとした。白夜、陽日をはじめ屋敷中の狗神と、ついでに空蝉までもが自分たちを取り囲み、まじまじとこちらを見ていたからだ。

「月影。これは、どういうことぞ」

庭どころか、屋敷の屋根までもたんぽぽまみれになった黄色い光景を顎で指し示し、白夜が眉間に皺を寄せる。月影の毛が怯えるように逆立った。

「ち、父上。これは、その……違うのです！　悪気があったわけでも何でもなくて、ですね。何というか、嫁が可愛過ぎて、死にそう！　と言いますか……はは」

「……ほう？　己の過失を、嫁になするか」

「！　と、とんでもありませんっ。えっと、だからつまり……」

「……ぷっ！」

しどろもどろになって弁明する月影を見て、黒星が堪え切れなくなったように噴き出した。

すると、他の狗神たちも皆、声を上げて笑い出した。

「はは。月影様は誠に、奥方様が大好きでございますなあ」

「このままでは、我らは朝起きたらたんぽぽまみれになっておるのではないか？」

「む！　む！　皆で俺を馬鹿にしくさりおって。ぬしらは嫁の可愛さを知らぬゆえ、そのようなことが言える……いや！　知らぬでよい。ぬしらに岡惚れされても困る……」

「月影」

諫《いさ》めるように、白夜が月影の名を呼ぶ。月影は耳をしゅんと下げ、「はい。申し訳ありませぬ」と謝った。

皆がまた笑う。月影もつられたように笑う。白夜も、笑ってはいないが表情は明るい。

先ほどまでの、暗く沈んでいた屋敷内の空気が嘘のようだ。

彼らの笑顔を見ていると、幸之助は目頭が熱くなった。

月影の意志に共感し、味方してくれる。そして、月影がたんぽぽを咲かせて笑うと、ともに笑い、ともに喜んでくれる。

そんな人たちに、囲まれて……ああ。なんと、幸福なことか。

（大丈夫です、月影様。月影様が笑えば、皆で幸せになれます。大丈夫）

心の中でそう語りかけて、幸之助は鳴りやまぬ、たんぽぽが咲く音色に耳をすませた。

# 狗神さまは笛を吹く

透き通るように清らかなのに、どこか艶《つや》めいた調べが、静謐《せいひつ》な夜の帳《とばり》を緩やかに揺らす。

雪月《せつげつ》が吹く、龍笛《りゅうてき》の音だ。

月影《つきかげ》は耳だけでなく感覚の全てを澄ませて、美しい旋律に身を委《ゆだ》ねる。

雪月に笛を吹いてもらうのが、とても好きだ。

雪月の笛を聴いていると、目に映るもの全部が綺麗《きれい》に見える。

美しい音色が染み込むからなのか。いつもは何とも思わぬ木々も月明かりも、全てが鮮やかに色づいて、きらきらと輝いて見える。

その光景は溜息《ためいき》が出るほど美しくて、嫌なことは全部忘れられる。

憐《あわ》れみと侮蔑《ぶべつ》を向けてくる者たちも辛《つら》過ぎる現実もない。ただただ、自分と雪月だけ。

それを思ったら、いつまでもこうしていたい気もする。

でも、そんなことは絶対に無理だと分かっている。だから……と、思った時。演奏が終わった。曲の余韻が消えるのを待ち、月影は大きな音を立てて手を打った。雪月が目を見開く。

「月影殿？　いきなりどうなさったのです」

「これ、拍手っていうんです！　異国では、いい演奏だなってカンドーしたら、手を叩いて気持ちを伝えると本に書いてあって……おれ言葉上手《うま》くないから、これだ！　って思って」

いつも、これくらいすごいって思ってました！　できるだけ大きな音が出せるように手を叩いて尻尾《しっぽ》を振る月影に、雪月は驚いたように両耳を立てたが、すぐ……少し困ったように笑って、月影の前にしゃがみ込んだ。

「気持ちは嬉《うれ》しいですが、程々にしてください。あなたの可愛い白い手が、赤く腫《は》れるのを見るのは忍びな……っ」

月影の小さな手を労《いた》わるように掌《てのひら》で包み込もうとした雪月が、動きを止める。

「月影殿、この掌は」

血豆《ちまめ》だらけの痛々しい掌に躊躇《ためら》いがちに触れてくる雪月に、月影はにっこりと笑った。

「聞いてください、雪月さま！　おれ、武芸の稽古ができるようになったのです！」

「武芸……そんな、大丈夫なのですか。そのような無理をしては、また体を壊す……」

「大丈夫です！　それに、ぐずぐずしてはおれぬ。早く、立派な狗神《いぬがみ》にならぬと……おれの神嫁の儀はあと八年で、雪月さまの神嫁の儀は九年しかない」

しゅんと耳を下げ、顔を俯《うつむ》ける。

「今のおれじゃ、ヨメはおれを夫と認めてくれぬだろうし、雪月さまとも……全然つり合いが取れない。だから……ふぐっ」

「馬鹿なことを」

月影の鼻を軽く摘《つま》んで、雪月は悲しそうに微笑《わら》った。

「私は、そのようなことは考えたこともありませんよ？　力の強さも歳《とし》の差も何もかも、どうでもいい。そう思うくらい、あなたは可愛くて、一番大事な私の友です。どうやったって、嫌いになれない。あなたが、私を嫌いになってもね」

だから、こんな辛い思いをしてまで、変わろうとしなくていい。そんな言葉とともに、大きくて華奢《きゃしゃ》な手で優しく掌を包み込まれて、鼻の奥がつんとなった。

分かっている。雪月は白夜《びゃくや》たちのように、自分を憐れんだりしない。白狗《びゃっく》としてではなく、月影自身を見てくれて、友人としても認めてくれた。

「でも……雪月さまがそうでも、周りは違う」

月影の掌を労わるように撫《な》でていた雪月の手が止まった。

「外のことを学ぶようになって、よう分かったのです。皆、力とか毛の色とか、そういうもので相手を見て、尊敬したり、馬鹿にします。だから、皆きっと、おれを雪月さまの一番の友だなんて認めない。もしかしたら、こんなやつが一番なのかって、雪月さまを馬鹿にしてるかもしれなくて……」

そこまで言って、月影はきゅっと唇を噛《か》みしめ、頭を下げた。

「ごめんなさい。おれ、今まで……そんなこと、考えたこともなくて……雪月さまに、迷惑をかけてしまいました」

「そんな……迷惑だなんて……」

「で、でも！　おれ、雪月さまとずっと友でいたいから、いっぱいいっぱいがんばりたいのです！」

「……」

「そ、それに」

忙《せわ》しなく耳と尻尾をぱたぱたさせて、月影は赤くなった顔を俯け、もじもじした。

「せ、雪月さまは頭がようて、優しゅうて、品があって、格好よいから、おれがあまりに腑甲斐《ふがい》ないと、紹介した時、ヨメが雪月さまに惚《ほ》れてしまうやも」

「……え？　あ……ははは」

雪月はおかしそうに笑い、月影の小さな体を引き寄せ、「可愛い」と抱き締めてきた。その言い方はやめてくれと抗議したが、雪月は「本当のことだからしかたない」と笑うばかり。月影は唇を尖《とが》らせたが、雪月の温《ぬく》もりに包まれていると、気持ちがぽかぽかしてきて、気がつくと一緒になって笑っていた。

同じ境遇という気安さから、ついつい甘えて泣き言ばかり言っていた自分を柔らかく受け止め、どこまでも優しく温かく包み込んでくれた雪月。

一番の友だと言ってくれるけれど、まだちゃんとした友ではないと思う。こんな、一方的に甘え腐った関係では――。

（待っててくだされ、雪月さま。おれは必ず、胸を張って雪月さまの一番の友だと名乗れる、立派な狗神になってみせます。その時はどうか……今のように、笑《わろ》うてくだされな？）

あの時は、本気でそう思った。そして、少しでも雪月につり合う立派な狗神になれるよう……気おくれして、雪月だけ贄《にえ》を喰《く》えてずるいなどと僻《ひが》んだりせぬよう、一生懸命精進した。

それなのに。

「誰よりも憐れで、惨《みじ》めな子どものままでいればよかったのにっ」

そんな言葉を吐き捨てられるなんて、夢にも思わなかった。

＊＊＊

祟《たた》り神からの襲撃を受けた三日後。加賀美《かがみ》の狗神たちは、祟り神が破壊した山の修繕作業に追われていた。

崩れかけた崖《がけ》や瓦礫《がれき》でせき止められた川など早く何とかしないと、さらなる二次被害が起こりかねなかったからだ。

本調子ではない月影も参加し、暗くなるまで……それこそ、何かから逃げるように、懸命に励んだ。

そんな矢先、月影は白夜に呼び出された。

「……雪月様の、墓？」

掠《かす》れた声で月影が漏《も》らすと、白夜の横に鎮座した黒星《くろほし》が頷《うなず》いた。

「本来なら故郷の土に返してやるのが一番ですが、それがいいとは到底思えない」

確かに、自分を殺そうとした、そして、自分が殺した狗神や里人たちとともに弔われても、誰も安らかに眠れないだろう。

「では、どうするのがよいか。あなたの意見を聞きたいのです」

「俺の？　……そうさなあ」

腕を組み、月影は首を捻《ひね》った。

すぐに思いついたのは、「遠くへ行きたい」という雪月の言葉だった。

その言葉を尊重するなら、神嫁の儀を終えた後に向かう気でいた、高天原《たかまがはら》の地に墓を作るなり、灰をまくなりしてやるのがいいだろう。けれど……。

――つき……か、げ……。

最後に聞いた呼び声としがみついてきた指先の感触が内に蘇《よみがえ》り、月影は小さく唇を噛んだ。

「墓は……この加賀美の地に、作ってやることはできぬか？」

気がつくと、月影はそんな言葉を口にしていた。

「この地に、ですか？」

「遠くへ行きたいと言うておったが、そこに雪月様を知る者は誰もおらぬ。それに、雪月様は俺が思うておったのより、ずいぶん寂しがりでおられたゆえ、その……なあに！　気に入らなかったら、化けて出て来て教えてくれよう！」

「いや、化けてって……そのようなことになっては困る……」

「よかろう」

顔を顰《しか》める黒星の言葉を遮り、白夜があっさりと答えた。

「明日、香澄《かすみ》の里への救援に行く前に弔ってやれ。その代わり、化けて出るならそちだけにするよう、くれぐれも言い聞かせるのだぞ」

「はい！　ありがとうございます、父上……あ」

「まだ何かあるのですか？　月影」

「いえ……これは、どうしようかと」

月影は懐《ふところ》にしまっていた長細い袋を取り出した。雪月が置いて行った龍笛だ。

「墓に入れたほうがよいかのう。しかし、このように綺麗なものを土に埋めるのはなあ」

袋から笛を取り出し、美しい装飾を眺めながら耳をぱたぱたさせていると、黒星が「おや」と声を漏らした。

「雪月殿は、笛を嗜まれていたのですか」

「……え」

今度は月影が驚く番だった。

「嗜まれていたのかって……何を言う、叔父御《おじご》。ここに来られた時は必ず吹いておられたではないか」

「さて。私は聞いたことがありません。兄上もでしょう？」

無言で頷く白夜を見て、月影はピンッと耳を立てた。

「そんな……俺の部屋で吹いて、聞こえぬはずは」

「音が外に漏れぬよう、結界でも張っていたのではないか？」

「……結界？」

「ああ。それなら合点《がてん》がいきますね。でも、なぜそのような……あ。皆に聞かれたくないほど笛が下手《へた》だったとか」

「！　何を言う叔父御っ」

あまりの言葉に、月影は声を上げた。

「下手だなんてとんでもない！　雪月様の笛は天下一品ぞ。それはそれは、夢のように美しい音色であった」

「天下一品……はて。あなたに雅《みやび》を解する心などありましたっけ。雅楽そっちのけで、饅《まん》頭《じゅう》ばかり頬《ほお》張《ば》っていた気がしますが」

「む！　た、確かに、饅頭は好きだが……雪月様の笛は別格なのだ！　こんな感じに……ふ、ふぅにゃらら〜ん。ふ〜ふぅ〜ううう〜うん。ぴぃしゃあああ〜」

言葉で説明するより実際に曲調を表現してみせたほうが手っ取り早いだろうと、月影はできるだけ忠実に鼻歌で雪月の笛を表現した……つもりだったが、

「月影、それは歌か」

白夜が真顔でそんなことを聞いてくるではないか。

「父上！　これが歌以外の何物だと言うのです。のう、叔父……叔父御？」

「くく……月影、私に振らないでください」

笑いを堪《こら》えるのが必死と言わんばかりに声を震わせる黒星に、月影は毛を逆立てた。

「何じゃ、二人して！　龍笛の音というたら、こういう音ではないか」

と、試しに笛に唇を当て、吹いてみる。瞬間。

ぺお～～ん。

雪月のそれとは似ても似つかない、何とも間の抜けた音が部屋に鳴り響く。

黒星はついに声を上げて笑いだした。白夜に至っては「どうやったら、そんな河童《かっぱ》の屁《へ》のような音が出るのだ」と生真面目《きまじめ》に聞いてくる。黒星がますます笑う。

「む！　む！　雪月様を愚弄《ぐろう》するおつもりか！」

「雪月殿を、ではない。そちを愚弄しておる。雪月殿の笛、どのようなお手前か、一度聴いてみたかったが……まあ、そちに雅事は無理か」

冷ややかに言い捨てる白夜に、月影は頬を膨らませた。一緒に暮らしているせいか、幸之《こうの》助《すけ》の癖がすっかり移ってしまったのだ。

「そ、そこまで言われては黙っておれませぬ！　見ておれ！　必ずこの笛を吹きこなして、雪月様の名誉を回復させてみせまする！」

高々に宣言して、月影はいかり肩で部屋を出て行った。

「いや、だから馬鹿にしているのは雪月殿ではなくて」と突っ込む黒星の横で、白夜は小さく溜息を零《こぼ》した。

「全く。……見え透いた虚勢を張りおって」


ぺお〰〰ん。

屋敷内にある月影の自室で、またも間の抜けた音が鳴り響く。

「むう。同じ笛なのに、なにゆえこんなにも違う音が出る？　不思議とは思わぬか、こっこうの……おい。なにゆえ、両手で口を押さえて震えておる」

「い、いえ……何でも、気にしないでください」

明らかに笑いを堪える上擦《うわず》った声で答える幸之助に、月影は口をへの字に曲げた。

「むむう！　ぬしまで馬鹿にしくさって」

「そんなことありません！　ただ……そんなに、音が違うのですか？」

「うむ。全然違う。おかしいのう。ただ息を吹き込むだけだというに。龍笛とは、奥が深いのだなあ」

龍笛を見つめ、しみじみと呟《つぶや》く。その時。

――俺も笛を吹けるようになったら、少しは雪月様のように格好よう見えるでしょうか？

――はは、そうですね。では、練習用の笛を用意しておきますから、それまでは武芸の修練に励んでいてください。強い男も格好いいですからね？

かつて雪月と交わした会話が脳裏を掠《かす》めた。

まずは練習用の笛からということは、それだけ龍笛は難しい楽器なのだろう。

しかし、この時月影の胸に去来したのは、そんなことではなくて……。

（結局、練習用の笛……もらえずじまいだったのう）

胸のあたりがじくりと痛む。その痛みに眉を寄せていると、視界に小さな手が映り込んできた。

「む？　何じゃ、その手は」

「あの、ちょっと吹かせてもらってもいいですか？　吹く人によって音が変わるのなら、私はどんな音がするのか試してみとうございます」

月影の顔を覗《のぞ》き込み、幸之助が好奇に満ちた瞳で強請《ねだ》ってくる。

「そうじゃな。ぬしだとどう……いや！　待て。やっぱり駄目じゃ」

「え！　どうしてですか」

「どうして？　ここは、雪月様が口をつけた箇所ぞ。そこにぬしが口をつけては、雪月様とぬしが間接的とはいえ接吻《せっぷん》することになる！」

ゆえに駄目じゃ。と、笛を隠す月影に、幸之助は目を丸くした。

「接吻って……では、月影様はどうなるのですか？」

「む？　俺？　……ああ。言われてみれば。しかし……やはり嫌じゃ！」

「い、嫌って……」

「確かに、己に置き換えてみれば、何とも馬鹿らしいことを言うておるとは思う。だが、なんというか……ぬしに置き換えて考えると駄目なのだ。ぬしの唇はたとえ間接的であろうと、俺以外誰にも触れてほしゅうなくて……っ」

そこまで言って、月影は思わず口を閉じた。幸之助がきょとんとした顔でこちらを凝視していたからだ。しまった！　幸之助に呆《あき》れられた。

「ち、違うのだ！　これは、なんというか、その……っ」

畳をぱんぱん尻尾で叩きながらもごもご言っていた月影は、目を見開いた。幸之助が少し困ったように微笑《ほほえ》んだからだ。

「……何じゃ、その顔は」

「え？　いえ……私の旦那様は本当に可愛いと思って。へへ」

「む、むう！　夫をそのように呼ぶなと何度言えば分かる」

面食らいながらも怒った顔をしてみせたが、幸之助はにこにこ笑うばかりだ。そして、一《ひと》頻《しき》り笑った後、改まったように居住まいを正した。

「申し訳ありません。雪月様のお墓を立てるというのに、立ち会うことができなくて」

「何を言う。それは大事なお役目のためであろう？　謝ることはない」

幸之助は明日里に遣わされることになっている。今回の騒動についての説明をするためだ。里に直接被害があったわけではないが、山で異変があったことは気づいているだろうし、香澄の里でのこともいずれ耳に入る。その時に、変な誤解をされては困る。

「くれぐれも、里人によろしゅうな」

「はい！　狗神様たちが命がけで里を護《まも》ってくださったこと、しかと伝えてまいります。それで……雪月様の墓を立てたら、漬け物をお供えしていただいてもよろしいでしょうか？」

「……は？　漬け物？」

突然何を言いだすのか。意味が分からない月影に、幸之助はくすっと笑った。

「雪月様の好物なのです。だから」

「！　雪月様、漬け物がお好きなのか」

「はい。当てずっぽで言ったら当たってて……漬け物の何がお好きかまでは、聞けなかったんですけどね。でも、甘いものはお好きではないそうなので、甘くないものを用意しようと思うんですが……よろしいですか？」

「え？　あ……ああ、よいとも！　ぬしの漬け物は絶品ゆえ雪月様も喜ばれよう」

無理矢理笑顔を作って答えると、幸之助の顔が華やいだ。

「ありがとうございます！　では、早速準備してまいります」

にっこり笑うと、幸之助は部屋をそそくさと出て行った。その後ろ姿を、月影は呆然《ぼうぜん》と見送る。

「……雪月様が、漬け物なあ」

「ふむ。あのような澄まし顔をしておいて、ずいぶんと爺臭《じじくさ》い舌でございますなあ」

「爺臭いなどと申すな。確かに意外だが……って！　空蟬《うつせみ》、いつからそこにいた」

「はい。坊ちゃまが河童の屁のような音を出された時から。いやあ、龍笛であのような馬鹿っぽい……失敬、独創的な音が出せるなど、一種の才能でございます」

いつの間にか傍らに座っていた空蟬がそう言ってカアカアと笑うので、月影は口を思い切りへの字に曲げた。

「腹に風穴が開いておる分際で、まだそのような減らず口を叩くか」

「このような時にまで、虚勢を張る坊ちゃまに言われとうございません」

友の死で落ち込むことは、決して恥ずべきことではありませんのに。声色を変えて、そんなことを言ってくる空蟬に、月影は顔を顰めた。

「何じゃ、その気持ち悪い声音は」

「奥方様の真似でございます」

「今すぐヨメに謝ってまいれ！　ヨメはもっと可憐《かれん》で愛らしい……て、ヨメがそう申したのか？」

「はい。一人で苦しまれているなら、遠慮なく寄りかかってくだされればよいのに、と」

「ぬしはそれになんと答えた」

月影の問いに、空蟬は一拍置いた。

「此度《こたび》ばかりはそっとしておきましょう。と、お答えいたしました。夫婦《めおと》であろうと、分かち合えぬものもあると」

心から心配してくれる幸之助のことを思うと、何とも冷たい言い草に思えたが、月影は「そうか」と答えることしかできなかった。

頭では、雪月のことは完全に吹っ切れている。

こちらに斬りかかってきた刹那《せつな》に合わさった雪月の瞳は、強く訴えていた。稀狗《まれく》の片割れでも胸を張って生きていける。それを、自分たちを馬鹿にし、憐れむばかりの連中に思い知らせてやってくれ。そのためなら、この身も惜しくないと。

だから、雪月の想いを全て受け止め、連れて行くつもりで、雪月の胸を刺し貫いた。

——……あり、がと…う……。

そんな自分を抱き締め返して、雪月は心底嬉しそうな声でそう言ってくれた。

だったら、悲しんでいる暇などない。その想いに報いるために、前を向いて走り続けなければ。

幸之助も、その思いに共感してくれた。それだけでなく、全力で応援するから、俯いたりせず、前だけ見て走り続けてくれと激励してくれた。

この時に、自分の中で迷いは綺麗に消え去った……と、思った。

それなのに、今はこんなにも心が痛む。時が経《た》てば経つほど、雪月の知らない一面を知れば知るほどに加速していく。

先ほどの笛や漬け物の話だってそうだ。

自分は雪月からこう聞かされていた。自分には雅楽仲間がたくさんいて、よく音合わせをしている。好物は和菓子で、目でも味わえる綺麗な細工が施された菓子が格別に好きだと。

それを聞いた自分は、雅楽仲間がいるなんてすごい。それに、目で味わうなんて、雅な人は違う。すご過ぎる！　と感動して、いつも雪月が来る時は、できるだけ綺麗な和菓子を用意し、美しい花を摘んで出迎えていた。

だが実際、雪月の笛を聴いた者は誰もいないし、好きなのは漬け物で、甘いものは嫌いだという。

雪月が自分に対して、色々と嘘を吐《つ》いていたことは承知していたが、まさかこんな些細《ささい》なことさえも嘘だったなんて。

なぜこんなことまで嘘を吐いたのか。分からないが、ひどく胸が詰まる。

ああ、自分は何に対して、こんなにも苦しいと思っているのだろう。

救援のため、よその里に訪れた際に雪月の噂を聞いた時も……そして、面と向かって、「お前など、不幸になればよかった」と吐き捨てられた時でさえ、こんなに心は痛まなかったのに。

誰かに聞けば、それらしい答えをくれるだろう。でも、きっと納得することはできない。納得いくまでとことん向き合い、自分なりの答えを出さなければ駄目だ。そんな気がした。

その矢先、香澄の里にある雪月の住まいが取り壊されることが決まったこと、その応援依頼が来ていることを知り、思いが一気に弾《はじ》けた。

「私の言葉に、奥方様は納得してくださいました。何も言わず、坊ちゃまがやりたいようにできるよう、ご自分のできる限りを尽くされておられます。されど、奥方様はいつでも坊ちゃまを受け止める心構えでおられる。それは、心に留めておいてくださいませ」

「分かっておる」

短く答えると、月影は体ごと空蟬に向き直り、姿勢を正した。

「必ず、気持ちの整理をつけて帰ってくる。それまではどうか、ヨメのこと、よう見てやってくれ」

月影が深々と頭を下げると、空蟬はいつもの軽口は一切叩かず、一言「承知しております」とだけ答え、頭《こうべ》を垂れた。

翌日、里に下りる幸之助を見送り、見晴らしのよい丘に雪月の墓を立てた後、月影は兵部《へいぶ》と兵庫《へいご》とともに香澄の里へ向かった。

「月影様、体は辛《つろ》うありませんか？」

「もしそうなら、遠慮のう言うてください。すぐ背負うて差し上げますので！」

道中、二人はしきりに月影の体を気遣ってきた。全治二ヶ月と診断された体でこの遠出。心配でしかたないのだろう。

実を言えば、かなりきつかったのだけれど、月影はおくびにも出さなかった。素直に体調不良を訴え、加賀美の里に連れ戻されては困る。

そして、陽が一番高くに昇った頃、もうすぐで香澄の里だというところで、兵部がここらで昼飯にしようと声をかけてきた。

「はああ。神嫁様に作っていただいた弁当。待ち遠しゅうしておりました」

道端の石に腰かけ、いそいそと弁当の包みを開く兵部に、月影は目を丸くした。

「何じゃ。ぬしらもヨメに作ってもろうておったのか」

「はい。一つも三つも変わらぬゆえよろしかったらと言われたので、お言葉に甘えて……とは言うても、月影様の包みはいやに大きゅうございますね」

「愛情の差でしょうか？　妬《や》けますなあ」

自分たちのそれより一回り大きな包みを見てニヤニヤ笑う二人に、月影は上機嫌に尻尾を振った。

「真のことを申すな。照れるではないか。が、確かにでかいのう。あやつめ、いくら俺が好きでたまらぬとはいえ、この量を全部平らげる俺の身にも……ああっ」

でれでれ顔で包みを開けた途端、月影は声を上げた。包みの中から陽日《はるひ》と梓《あずさ》がひょっこり顔を出したからだ。

「あ、兄上っ？　なにゆえここに……というか、俺の弁当」

聞くまでもなかった。顔中ご飯粒だらけの二人の顔を見たら、答えは明白だ。

「……っぷう！　ついかえ～、れむい～」

可愛くげっぷし、いつもより膨れた腹をぽんぽん叩いて、そんなことを言う。弟の愛妻弁当を盗み食いした挙げ句、眠いだと？　全く何という兄だ！

憤慨していると、兵庫が自分のおにぎりを一つ差し出してきた。

「まあまあ、月影様。これでも食べて落ち着いてくだされ」

「しかし困りましたな。今から連れ帰っておっては、約束の刻限に遅れてしまいます」

「うーむ。では、ひとまず兄上たちもお連れしよう。向こうと合流した後、どういたすか考えればよい」

と、その時は軽く考えて、陽日たちを連れて行ったのだが、この判断をすぐに呪《のろ》う事態が起こった。

「これはこれは、保身のためにお仲間を殺した残白殿《ざんぱく》ではないか」

「残白という身で、ようこの地に来れたものだな」

月影の顔を見るなり、香澄の里の事後処理に当たっていた狗神たちは口々に吐き捨てた。

やはり、今回のことで余計に風当たりが強くなったかと、内心溜息を吐いた時だ。

絡《から》んできていた狗神が、空の彼方《かなた》へ飛んで行った。

「ざんぴゃく、わゆいこちょば！　ついかえ、いじめゆ。め！」

「あ、兄上っ。ちょっと、ま……」

慌てて止めたが、手遅れだった。

「ついかえ、いじめゆ……め！　め！　め！　めぇぇぇぇ！」

月影の制止も聞かず、陽日は月影に絡んできた連中、ついでに近くで見ていた者たちを二十人ばかり、空の彼方へ吹っ飛ばしてしまった。

「何てことしてくれた……いえ、してくださったのです？　ざん……いえ、月影殿」

現場を指揮していた狗神は、「ざん？」と睨《にら》んでくる陽日に戦々恐々としつつも抗議してきた。

「それでなくても、人手が足りないというのに。責任を取ってください」

「責任……まさか飛んで行った二十人分働け……とか」

「そのまさかです。三人でやるなり、加賀美から応援を頼むなりして何とかしてください」

「そんな！　雪月……お屋敷の取り壊し作業には……っ」

「屋敷の取り壊し作業は五日後です。その時になったら声をかけますよ」

では、よろしくお願いします。ぞんざいに言い捨て、相手はさっさと行ってしまった。

どうしよう。困ったなと、月影が頭を掻《か》いていると、兵庫が嬉しそうに陽日の頭を撫でた。

「陽日様、ようあやつらを投げ飛ばしてくださいました！　おかげでスカッとしました」

「おい、兵庫。滅多なことを申すな。兄上がまたこのような暴挙をしでかしたらいかがする」

「よいではありませんか。此度の騒動で十分過ぎるほど筋を通された月影様に、なおもあのような物言いをする輩《やから》など、いくら誠意を見せたって無駄です。むしろ、月影様をないがしろにしたら陽日様が黙っていないと思い知らせてやったほうがよっぽど効く」

「……むう。確かに一理あるが、あまりよいやり方では……」

「そ、そんなことより！」

難色を示す月影の横で、兵部が悲鳴を上げた。

「どうしましょう。この山一帯の修繕を三人でなんて無理だし、応援を寄越す余力も今の加賀美にはありません」

「それは……我らで何とかするしかあるまい」

「何とかかと、申しますと」

「だから……何とかは何とかじゃ！　案ずるな。為せば成る！」

身もふたもない根性論で檄《げき》を飛ばす。その時だった。

ぴぃ……。

澄んだ高音があたりに響いた。

これは、笛の音？　とっさに顔を上げてみると、へし折れた木の枝に留まった二羽の小鳥が目に留まった。片方はもう片方より一回り小さくて……おそらく親子だろう。

白くて、ころころ丸っこい、まるでたんぽぽの綿毛のような体に、くりっとしたつぶらな瞳。そして、ぴぃという笛のように透き通った鳴き声。

見たことがない鳥だ。この地特有の鳥だろうか。と、思った時だ。

「おちょうちょ！」

小鳥を認めるなり陽日がそう言って叫ぶので、月影はどきりとした。

「おちょうちょ、おちょうちょ！　あしょぼ！　おちょうちょ！」

「おとうとって……兄上。なんで、そんな」

「ああ。月影様と同じ色をしているからですね」

内心動揺する月影には気づかず、兵部がのほほんと言った。

「俺と、同じ？　あ、ああ……なるほど、そういうことか。びっくりした」

「？　何がでございますか」

「！　い、いや、何でもないっ。とにかく！　すぐ作業にかかるぞ。あの鳥たちのためにも、早う以前の山に戻してやらぬと」

強引に話を終わらせると、月影は兵部たちを急《せ》かしてその場を離れた。

——ねえ、月影殿。生まれ変わったら、何になりとうございますか？　私はね、鳥に生まれ変わりたい。好きなところへ、自由に……飛んでいきたい。

いつだったか、独白のように呟いた雪月の言葉から、逃げるように。


三人で二十人分の仕事だなんて、一体どうしたら。

一時は途方に暮れたが、とある助っ人の活躍により、それはすぐ解消された。

「兄上。この木をポンして、ベンして、バーンしてください。梓殿も見ておられますぞ」

「はゆしゃま〜！」

「うんうん。ポン！　ベン！　バーン！」

陽日が稀狗の力と愛《いと》しの梓からの声援でもって、二十人どころか三十人分の働きをしてくれたためだ。赤子の陽日に頼るなんて何とも情けない話だが、背に腹は代えられない。

陽日の仕事ぶりを見て皆、さすがは稀狗様だと改めて陽日に感嘆した。

しかし、以前のように「それに引き替え、残白は」と、月影を馬鹿にする者はいなかった。

陽日が月影にべったりで、月影の言うことしか聞かない上に、少しでも月影を蔑《さげす》む素振《そぶ》りを見つけようものなら、その者を空の彼方へ投げ飛ばしてしまうから……ということもあったが、普通の狗神になることを断った件を聞き、月影のことを見直したから、という者も少なくなかった。

神嫁の儀を終わらせたのは、惚れた神嫁を手に入れるための独りよがりな我が儘《わまま》だと誤解し、軽蔑していた。許してほしいと、わざわざ謝りに来てくれる者もいた。

自分の考えが認められたことは、素直に嬉しいと思った。でも。

「同じ稀狗の片割れでも、あなたはあの男とは全然違うのですね」

月影と話した者は皆必ずそう付け足すものだから、何とも微妙な気持ちになってしまう。

「……雪月様と、お知り合いだったのですか？」

尋ねると、誰もが首を振った。

雪月は誰とも関わりを持とうとしなかったらしい。そして、関わったら関わったで、誰彼かまわず非常に感じの悪い態度を取っていたというのだ。

「こっちは何もしていないのに、睨んでくるは、暴言を吐くは……本当に嫌な奴だった」

「贄を喰って力をつけてくると、態度も尊大になってね。香澄の者たちは嘆いてましたよ。普通の白狗は、贄を喰わせてもらった恩義に応えようと、里や一族のために尽くすものなのに。これだから残白はと。けど、あなたを見ると、そうではなかったんですね。残白だからではなく、あの男自身がクズだった」

雪月に向けられるのは、ほとんどが強い悪感情だった。それでも、時折――。

「あの方は、お可哀想な方ですよ」

昔、香澄の里にいたことがあるという老齢の狗神は、深い溜息を吐くように呟いた。

「父の雪見《ゆきみ》様は小物のくせに野心家でしたから、稀狗だったかもしれないお子が死産だったことを大層嘆かれて、ずっと雪月様を目の敵《かたき》にしておりました」

稀狗を授かっていれば、大出世ができたのに。お前のせいで最大の好機を逃した。全部お前が悪い。お前が死ねばよかった。と、延々詰《なじ》られる。

役に立ついい子になれば愛してもらえると思い、努力して何かを為せば、「どうしてその力を兄に捧げなかった」と怒られ……とにかく、やることなすこと全部を否定される。

「主《あるじ》がそんなですから、周りもそのような目で雪月様を見るようになって……そんな環境でお育ちになれば、世界の全てが敵に見えるようになってもおかしくない」

本当に、お可哀想な方でした。同じ言葉をもう一度繰り返す老人に、月影は何も言えなかった。

それからも、何人かに雪月の話を聞かせてもらった。でも、月影が知っている、皆に好かれ、尊敬される雪月は欠片《かけら》も存在しなかった。

いたのは、絶望という名の殻に閉じこもって、全てを拒絶してしまった、どうしようもなく孤独な男。

そして、その実像が見えてきてようやく、今まで分からなかったことが理解できた。

――誰よりも憐れで、惨めな子どものままでいればよかったのにっ。

あれは、「誰よりも」ではなく、「自分よりも」という意味だったのだ。

親族から己の存在をことごとく否定されて、自分は誰よりも無価値で惨めだと思いながらも、自尊心がそれを是とできない。

周りが全て敵に見えた？　そうではない。蔑みだろうが憐れみだろうが、下に見られることが耐えられなかった。だから、別に敵意を見せていない相手に対しても虚勢を張り、敵意を剝《む》き出して……過去の自分もそうだったから、よく分かる。

そんな雪月にとって月影は、唯一自分より憐れだと思える相手だったのだろう。

自分と同じく稀狗の片割れな上、時代の移り変わりにより、贄を喰わせてもらうことさえできない……自分よりずっと憐れで、惨めな子。

そう思ったから、愛おしむことができた。その上、雪月の境遇を何も知らないのをいいことに、あることないこと吹き込んで尊敬させ、自尊心を満たすこともできた。

誰よりも優しく気遣ってくれ、親身になって協力してくれたのも、月影が努力の末に挫折し、絶望するさまを見たいがためだった。

残白はどう足掻《あが》いても受け入れてはもらえない。

そうでなければ、もはや、遠くへ逃げるより他に生きる術《すべ》がない自分が間違っていたことになる。残白だから愛してもらえないのだと言い訳できなくなってしまう。だから、月影の挫折を願わずにはいられなくて……と、そこまで考えて、月影は唇を噛んだ。

残白だからと言い訳するのはもうやめた。どんな身であろうと、胸を張って生きていけるはずだ。

その言葉が雪月を糾弾し、心を抉《えぐ》っていただなんて、考えたこともなかった。

無意識にとはいえ、自分はどれだけ雪月を傷つけ、苦しめてきたのだろう。

見下されていたことを憎みたくても、自分に対して雪月はいつだって優しかったし、一緒にいる時は楽しいことばかりだっただけに、そう思わずにはいられなかった。

(俺がこんなだから……雪月様は祟り神になった時、幸之助に救いを求めたのかのう)

何年ともに過ごそうが、こちらの心情を何一つ気づいてくれない月影より、たった二回会っただけなのに、好物を言い当ててくれた幸之助のほうがましだと。

(それほどまでに、俺は雪月様に嫌な思いをさせていたのか)

仕事終わり。そんなことを考えながら、雪月の笛を構え、息を吹き込んだ……のだが。

ぺろろ〰〰ん。

一音出しただけで、そばで聞いていた兵部たちが爆笑した。

「ははは……ああ。も、申し訳ありません、月影様。ただ、格好だけはものすごく様になっているのに、音……音が……ははは」

「だ、黙れ！　三日前よりは進歩しておるではないかっ」

腹を抱えて笑い転げる兵部に抗議していると、月影の膝上でうつらうつらしていた陽日が顔を上げ、「おちょうちょ！」と、声を上げた。

見上げると、親鳥に連れられて、覚束《おぼつか》ない羽ばたきでこちらに飛んでくる白い小鳥の姿が見えた。

「あの鳥、月影様が笛を吹くと必ずやってきますな。毎日毎日、律儀《りちぎ》なものじゃ」

「やはり、鳥といえども、この音の酷さは黙ってられないのか……くくく」

「ああもう！　黙れ黙れ。修練の邪魔じゃっ。ぬしらはよそへ行っておれ！」

月影が怒鳴ると、二人が腹を抱えながら席を外す。全く。失礼な連中だと、尻尾の毛を逆立てていると、小鳥がいつもの定位置である枝に降り立ち、ぴいと一声鳴いた。

「息の吹き込み方が悪いのかのう？　……む？　違う？　では……」

白い小鳥は、美しい声で唄い続ける。こんなふうに吹いてごらんと、月影に教えるように。

その上、一頻《ひとしき》り唄い終えると、月影のすぐそばに降りてきて――。

「む？　……ああ。授業料か。ほれ、今日はたくあんじゃ」

月影が支給された握り飯に添えられていたたくあんを放ってやると、小鳥は一目散に飛んで行き、つんつんと啄《ついば》み始めた。

「ふん。漬け物が好きとは、愛らしい容姿に似合わず、爺臭い奴じゃ」

からかうように言ってやると、小鳥は「別にいいだろう」と言うように一声鳴いた。

食べ終えると、小鳥が食べ終わるのを待っていた陽日たちと戯《たわむ》れて遊ぶ。

「おちょうちょ！　おちょうちょ！」

「……うちょ！　……うちょ！」

その姿はとても楽しそうだ。変な気負いも嘘も欠片もない。そして、それを見守る母鳥の眼差《まなざ》しは慈愛に満ちていて、何とも微笑ましい光景だ。

――もし、生まれ変われるなら、私は鳥になりたい。

もしも、陽日の言うとおり、あの小鳥が雪月の生まれ変わりだとしたら。

何とも都合のいい解釈をしようとしていると、分かってはいた。それでも、夢想せずにはいられない。

なにせ、雪月が渇望していたものが、ここには全部ある。

愛してくれる親。何の気兼ねもなく接することができる友。それらを素直に受け入れ、人を喰う前はそうであったのだろう何の穢《けが》れもない純白の姿で、無邪気に喜べる自分。

前世で苦しみ抜いた分、来世で幸せになった。それくらいの救いが、あってもいいではないか。

楽しげに陽日たちと遊ぶ小鳥を見つめ、月影は龍笛を握り締めた。

香澄の里にやって来た五日目。今にも雨が降り出しそうな雲に覆われた、暗い空の下。月影は雪月が住んでいた屋敷に足を踏み入れた。

ここへは一人で来た。自分一人で決着をつけたかったから。

けれど、たどり着いたそこには、見るも無残な光景が広がっていた。

絢爛豪華《けんらんごうか》であったろう屋敷はほとんどが倒壊し、焼け爛《ただ》れた瓦礫が点在するばかりだ。

その瓦礫には皆、無数の爪痕《つめあと》と血痕《けっこん》が生々しく残っていて……まるで、この世の全てを破壊し尽くしてやろうと言わんばかりだ。

雪月の激しい憎悪を改めて思い知り、月影は身震いした。

(これでは……雪月様の軌跡は、何も残っておらぬやもしれぬな)

どこまでも凄惨《せいさん》で荒廃した光景に息を呑《の》みつつ、雪月の部屋へと歩を進める。

雪月の部屋は、屋敷の外れにあると教えられていた。しかし、やはりそこも損壊が激しく、ほとんど原型を留《とど》めていなかった。

(やはり、何も残って……む?)

ふと視界の端に映ったあるものに、月影は歩みを止めた。

それは、一台の文机《ふづくえ》だった。全てのものがことごとく壊された中で、この机だけが蹴飛ばされることさえなく、無傷のまま鎮座している。

（なにゆえ、この文机だけ……）

何か、大切なものでも置いていたのだろうか？

何の気なしに近づく。

文机の上には、綺麗な細工が施された漆《うるし》塗りの文箱《ふばこ》と、小刀が一本置かれていた。

最初に、小刀から手に取る。よく使い込まれている。

次に文箱。少し躊躇ったが、好奇心には勝てず思い切って開けてみた。

そして、最初に目に飛び込んできたのは、

『かがみのさと　月かげより』

たどたどしい子どもの字で書かれた、その文言。

これは……この字は……！

思わず封を開き、中を見てみる。

『せつ月さま　人がたになって文じがかけるようになったので、お手がみかきました。はじめてのお手がみなので、下手くそです。ごめんなさい。でも、一ばんさいしょに、せつ月さまにお手がみをかきたくて……』

これは、自分が初めて雪月に送った文だ。

他のものも手に取ってみる。それらは皆、自分が雪月に宛てたもので……まさか、全部取ってあるのか？

引き出しも開けてみる。そこにも、月影が雪月に贈った品々が大事にしまわれていた。

綺麗な色の石。不格好極まりない手作りの木彫り。それに、大量の押し花。これは……目でも味わうという雪月に、少しでも美味《おい》しく食べてもらえるよう、雪月が訪れるたびに自分が摘んできた花？　まさか、全部取っていたのか。

こんなにも大事に……そして、憎悪に支配された祟り神になりながらも、壊すことができなかった……！

月影は弾かれたように顔を上げ、再度あたりを見回した。

文机のそばに散らばる、無数の棒に目が止まる。恐る恐る手に取ってみると、竹で作られたその棒には、いくつか穴が開いていた。それはどう見ても、笛の唄口《うたぐち》と指孔《ゆびあな》で……。

――俺も笛を吹けるようになったら、少しは雪月様のように格好よう見えるでしょうか？

――はは、そうですね。では、練習用の笛を用意しておきますから、それまでは武芸の修練に励んでいてください。強い男も格好いいですからね？

「あ、あ……あああ……」

竹の棒は、何十本と転がっていた。その数の多さから、雪月がどれだけ念入りに試行錯誤を重ねていたのか、容易に知れた。

転がっている他の残骸も一つ一つ見ていくと、それらは全部、月影に贈るために造った試作品や、集めたのだろうものばかりで、それ以外は何もない。

「……なぜじゃ。なぜ、このようなものばかり。これでは……っ」

雪月には、月影以外何もなかったみたいではないか。と、思った時。

――おや、月影殿は甘いものがお好きなのですか？

「……っ！」

突如、脳裏に蘇った光景にはっとした。

――……はい。でも……かっこわるい。男で、甘いものが好きなんて。

――そんな……じ、実は、私も甘いものが好きなんですよ？

……思い出した。

――え！　ほんとうでございますか！

――え、ええ！　特に……細工が施されたものが好きです。目でも、味わえるので。

――おめめで？　すごい！　かっこいい！

――はは。そうですか？　でも、これで分かったでしょ？　甘いものが好きでも何ら恥じることなどありません。たくさん食べて、大きくおなりなさい。

そう言って、優しく頭を撫でてくれて……ああ。

雪月は、月影を労わって嘘を吐いたのだ。それから先も、月影に言った言葉を嘘にしないために、ずっと苦手な和菓子を美味《うま》そうに食べ続けた。

笑ってしまうほど不器用だ。いつも雪月に感じていた優雅さも余裕もあったものではない。

それでも、今までで一番、雪月からの優しさを感じた。

大事だと、思ってくれていたのだ。腹の中で見下して、嘘吐きで、自分より不幸でいれば
いいと思っていて、けれど……自分のできる限りで可愛がってくれていた。

——あなたは可愛くて、一番大事な……私の友です。

あの言葉だけは、揺るぎのない真実だった。嘘ではなかった。

そう思い至った瞬間、雪月への思慕の念が胸の内で噴き出した。

雪月も、自分を好きでいてくれた。この友情を大事だと思ってくれていた。

すごく嬉しい。でも、だからこそ自分は……！

そこまで考えたところで、月影は駆け出していた。

たとえようのない激しい衝動に突き動かされて、無我夢中で走る。

そんな中思い出されるのは、雪月と最初で最後の喧嘩《けんか》をした時のこと。

あの時、聞くに堪《た》えない罵詈雑言《ばりぞうごん》をたくさん吐き捨てられたが、雪月への友情は全く揺るがなかったし、そこまで傷つきもしなかった。

どうしてなのか今まで分からなかったが、今なら分かる。

雪月が、生きていたからだ。

生きているなら、今更なんてない。いくらでも未来を変えることができる。

そう……念願だった嫁取りができて、説得は不可能だろうと言われていた白夜と和解することができた直後だっただけに、何の疑いもなく信じていたのだ。

――あなたは、今更なことばかり言うっ。

雪月にそう言われた時も、何を言っているのだろうと思った。

今更などではない。これからだ。これから、自分たちは真の友になるのだ。

自分だけが一方的に甘えて、雪月に寄りかかるのではなく、雪月が困った時は寄りかかってもらえる存在になる。

信じられないというのなら、これからいくらでも証明してみせる！

――そのために、俺は大人になったのです。それゆえ、いらぬなどと言わないでくだされ。

懸命に訴えても、雪月は今にも泣きだしそうな顔で、首を振るばかりだった。

――ああ。どうして……もっと早うに、巡り会うてくれなかったのです？

最後にぽつりと呟いて、出て行ってしまった。

それでも、大事な笛を置いていったから、まだ望みはある。真の友になれる日がきっと来る。いや、必ず来させてみせる！　そう、思っていた。それなのに……！

ぴぃいいいい！

いつも笛の修練をしていたところまで来て、力いっぱい笛を吹く。

いつものように、母鳥に連れられて小鳥が飛んできた。

定位置の枝に留まり、唄うように囀《さえず》る。そんな小鳥に、月影は叫んだ。

「雪月様っ……いや。もし……もしも、ぬしが雪月様の生まれ変わりだとして、今とても幸せなのだとしても、俺は……雪月様が雪月様でいる間に、真の友になりたかった……お救いしたかったたっ！」

嫌いな和菓子ではなくて、好物の漬け物でもてなしたかった。ともに笛を吹きたかった。自分が吐いたのと同じ分、泣き言を聞いてやりたかった。他にも……雪月にしたかったことは山ほどある。

でも、雪月はもういない。墓を身近に作ってやろうが、笛を習い始めようが、雪月の生まれ変わりに会おうが無意味だ。雪月にはもう、何も届かない。何もしてやれない。

その事実に、自分は心を痛めていた。やっと分かった。

だが、分かったところで今更何になる。

いくら呼びかけても、無邪気に首を傾げるばかりの小鳥を見ていると、無性にその現実を思い知らされて、月影は思わず地面を叩いた。

「なにゆえ、あの時そのまま帰したっ？　雪月様が里人に魔物をけしかけたことを知っておったに、なにゆえ……なにゆえ、俺はっ」

思い返してみれば、雪月の苦悩に気づける機会も助けられる機会も、いくらでもあった。

それなのに、自分は全部ことごとく見過ごし、雪月が吐く嘘を馬鹿みたいに信じ続けた。

そんな月影に、雪月はずっと怯《おび》えていたのだろう。自分の作り上げた虚像を一心に慕い、本当の自分は何一つ知らない。そんな月影の「好き」なんか信じられない。

本当の自分を、月影は絶対好きになってくれない。でも、そう思いながら、

――私はどうやったって、あなたを嫌いになれない。あなたが、私を嫌いになっても。

だから、月影と付き合い続けるために嘘を重ね、祟り神になってしまったら、月影に嫌われるのを恐れ、逃げて逃げて……。

――つき……か、げ……。あり、がと……う……。

最後に聞いた雪月の声は、とても幸せそうだった。

おそらく、あの時初めて、月影からの友情を心から信じることができたのだろう。

祟り神から元の姿に戻った……これ以上ないほどに惨めで駄目な姿を晒《さら》した自分に対しても、月影が変わらず「友よ」と微笑みかけてようやく。

だから、今こそ……月影が信じた道を月影とともに行こうと思えた。月影の友情を信じられた今、もう怖いものはないと……ああ。

どうして、もっと早く、信じさせることができなかった？

それさえできていれば、こんな終わりを迎えたりしなかったのに！

「なに、ゆえ……俺は……俺はっ」

後悔ばかりが膨れ上がる。けれど、いくら後悔しても全ては後の祭り。

雪月はもういない。……いないのだ。

「ついかえ～！」

舌足らずな呼び声が耳に届く。目だけ上げてみると、梓を咥《くわ》え、こちらによちよちと駆けてくる陽日の姿が見えた。だが、月影のそばに駆け寄り、月影の顔を覗き込んだ瞬間、驚いたように目を見開いた。

「ついかえ！　なみら！　ろうちたのっ？」

叫ばれて初めて、月影は己が泣いていることに気がついた。

「え？　あ……これは……」

「ゆるしゃにゃい！　ついかえ、いじめゆ、はゆ、ゆるしゃにゃい！」

め！　してやゆ！　と、もふもふの産毛《うぶげ》を逆立てる陽日に、月影は小さく首を振った。

「違うのです、兄上」

「……ついかえ？」

「俺が、悪いのです」

項垂《うなだ》れて、力なく呟く。

「俺が悪い。俺が、愚かであったから、雪月様は……がはっ！」

月影は悲鳴を上げた。

突如、陽日から強烈な蹴りを入れられ、後方に吹き飛ばされたからだ。

「……ったああ！　い、いきなり何をするのですっ、兄う……」

「ついかえ、いじめゆ、め！」

威嚇《いかく》の態勢を取り、そんなことを言ってくる陽日に、月影はきょとんとした。

「めって……月影は、俺でございますが？」

「め！　ついかえ、いじめゆ、ついかえでも、ゆるしゃにゃい！」

ぴょんぴょん跳ねながら激昂《げっこう》され、月影は口をあんぐりさせた。

「許さないって、そんな……さようなこと言われても……はは」

滅茶苦茶過ぎる理由に、思わず笑ってしまった。瞬間、陽日の目が輝いた。

「ついかえ、わやった！　わやった！」

「……やった！　やった！」

弾むように月影の周りをくるくる回る陽日に、心配そうに見ていた梓も尻尾を振ってついて回る。その様は本当に嬉しそうで、月影はたまらなくなった。

月影が悲しんでいると、真剣に心配してくれて、月影が笑ったくらいで、こんなに喜んでくれる。

どうして、こんなにも大事に想ってくれるのか。

思わず、二人を抱き締めた。温もりと脈打つ鼓動が胸に沁《し》みる。抱き締めた月影に応えるように頬を舐《な》め、名前を呼んで尻尾を振ってくれることに目頭《めがしら》が熱くなる。

生きている。二人とも、こんなにも……生きてくれている。

雪月のことを嘆いた直後なだけに、そのことがとんでもなく奇跡に思えた。ありがたいと思って……そういえば、同じようなことをほんの数日前にも嚙み締めたことを思い出した。

祟り神となった雪月に加賀美の里が襲われたあの時、月影の大切な者たちは皆死にかけた。白夜も、黒星も……空蟬さえも死にかけて、幸之助も……雪月に連れ去れた時などは、こちらが生きた心地がしなかった。

それでも皆、泣き言一つ口にしなかった。

里の守護者として、月影の下僕として、月影の嫁として、それぞれの役目に誇りを持ち、危険を顧みない。

これからも、必要とあらば平気で死地へと向かっていくだろう。自分自身も含めて。

いついなくなるか分からない大事な人たち。そして、自分。

そこまで考えて、月影の中でふつふつと、悲しみや後悔とは別の感情が湧きあがってきた。

この人たちにも、自分は同じ過《あやま》ちを犯すのか？

喪《うしな》って……それとも己が死ぬ間際、今のような後悔をするつもりか？

嫌だ。もう二度と、こんな後悔はしたくない。間違えたくない。幸せにしたい！

そう思って、最初に思い浮かんだのは幸之助の顔だった。けれど、一番最後に見た笑顔には陰りがあった。月影を気遣い、無理をして作ったものだったから。

幸之助は……今、どうしているだろう。どんな想いで、夫の帰りを待っているのか。

月影は涙を拭《ぬぐ》い、ゆっくりと立ち上がった。

顔を上げると、あの小鳥はまだいて、こちらを見つめていた。心なしか、少し寂しそうに見える。

月影は笛を握り締め、小鳥に笑いかけた。

「上達したら……また、聴かせに参ります」

ご指南、ありがとうございました。深々と頭を下げると、月影は踵《きびす》を返し歩き始めた。

「おちょうちょ、まちゃね！」

「まちゃね！」

月影に抱えられた陽日と梓が、月影の肩越しに小さな前足を振る。

月影は一度も振り返らなかった。小鳥は月影たちを見送るように、いつまでも綺麗な声で囀り続けてくれた。


雪月が住んでいた屋敷の解体作業を終えた後、月影は取るものもとりあえず急ぎ帰路に着いた。庵《いおり》に帰ると告げると、陽日たちが幸之助たちに会いたいと言ってくっついてきたが、好きにさせた。陽日たちを説得する時も惜しいくらい、早く帰りたかったからだ。

どうしようもなく、幸之助に逢いたかった。

逢ってどうしたいのかよく分からなかったが、とにもかくにも逢いたくて、夢中で駆けた。

庵のそばまでたどり着いた頃、あたりは柔らかな茜色《あかねいろ》に染まっていた。

庵からは白い煙が昇っている。あれは、幸之助がかまどの火を焚《た》いた時に出る煙だ。

夕餉《ゆうげ》の支度《したく》をしているのだろうか。その光景を思うと、何やら心がほくほくと温かくなったが、不意に、月影は息を呑んだ。

庵のほうから、かすかだが血の臭いが漂ってきたからだ。

いつもなら、空蟬が返り討ちにした賊の血だろうかと平静でいられたろうが、空蟬は今、とても戦える状態ではない。

（まさか……だが、そんな……）

嫌な予感が脳裏を過《よぎ》り、身震いした。しかし、陽日にはそんなことはどうでもいいようで、

「こっこ～！　うーたん！」

無邪気に二人の名前を呼びながら、梓を咥えてさっさと行ってしまう。そんなものだから、月影は慌てて追いかけた。

「兄上っ、お待ちください。危のうございます！」

だが、陽日は振り返りもせず行ってしまう。月影は舌打ちして陽日の後に続いた。

（頼むっ。どうか無事でいてくれ。ぬしらにもしものことがあったら、俺は……っ！）

今にも張り裂けそうな心で必死に願った時、前方から「きゃあ！」という陽日の叫び声が聞こえてきた。

「兄上っ？　一体どうなされた……わっ！」

梓を落としてしまうほど驚いている陽日に声をかけかけて、月影も声を上げた。

庵の軒下に、巨大な熊の生皮がぶら下がっていたからだ。

「こ、これは……な、な……」

あまりの光景に口をぱくぱくさせていると、背後から「おや」と声がした。振り返ると、空蟬がこちらを見遣《みや》り、首を傾げていた。

「坊ちゃまでございましたか。これは何とも、お早いお帰りで……」

「うーたん！」

「たあん！」

空蟬を見るなり、陽日たちが尻尾を巻いて一目散に駆けて行った。

「うーたん、おばけ！　おばけ！」

「おばけ？　ははあ。陽日様は案外怖がりでございますな。先ほどの悲鳴も女のようで……情けない。臆病者は梓様に嫌われますぞ」

「！　は、はゆ、こやくらいもんっ」

上擦《うわず》った声で宣言すると、陽日は自ら熊の元へと走って行った。

「ははは。坊ちゃまと同じで、見栄っ張りでございますなあ」

「う、空蟬。これは……これは、何じゃ」

陽日たちを見て笑う空蟬に、月影が掠れた声で尋ねる。

「これ？　熊の生皮ですが、何か？」

「そんなこと見れば分かる！　俺が聞いておるのは、この熊を仕留めたのは」

「奥方様でございます。ほれ。眉間の銃創を見れば、お分かりになりましょう？」

悪びれた様子もなく平然と答える空蟬に、月影は毛を逆立てた。

「空蟬！　俺はぬしに言うたはずぞ。ヨメのことをよう見ておいてくれと。それだというに、何という体《てい》たらく！」

可憐でか弱い幸之助に、なんて無茶をさせるのか。

怒り狂う月影に、空蟬は翼で泣く仕草をしてみせる。

「心外でございます。私、坊ちゃまのお言いつけどおり、奥方様のことをちゃんと見ておりました。熊に立ち向かう時などは、それはもう最前列で……」

「誰がただぼけっと傍観しておれと言うたっ。俺が言いたかったのは……というか、俺が何も言わずとも止めろ！　ぬしとて、満足に動ける体ではないというに」

「ははあ。そう言われましてもなあ」

月影の剣幕に少しも動じることなく、空蟬はのんびりとした口調で言った。

「『好物を食べたら、月影様、少しは元気になってくださると思って』」

「……っ！」

「さようなことを言われてしまいますとなあ。止めるに止められず」

飄々《ひょうひょう》と口ずさむ空蟬に、月影は狼狽《ろうばい》した。

「お、俺の好物ゆえ、熊を襲ったと申すか。たった、それだけの理由で、ぬしら……そのような体で」

「ほほほ。奥方様も私も、ただまんじりと待つだけなのは、性《しょう》に合いませせぬゆえ」

朗らかに笑う空蟬に、月影がますます動揺していた時だ。

「空蟬さん。肉を横取りに来る動物はいませんでした……あっ！」

山から戻ってきたらしい幸之助が、月影の姿を見るなり、抱えていた薪《たきぎ》を取りこぼした。

「つ、月影様。今日、お帰りだったのですか」

「……今日帰ってきてはまずかったのか」

ちらりと熊の皮を一瞥《いちべつ》しつつ尋ねると、幸之助はおろおろと視線を彷徨《さまよ》わせた。

「貰《もら》い物だと偽って、この熊肉を俺に食わせる気だったのか。熊を狩ってきたなどと言うては、俺に余計な心配をかけると思うて」

「そんな、ことは……ただ、えっと……も、申し訳ありませんっ」

しばしの逡巡《しゅんじゅん》の後、幸之助はその場に膝をついて平伏した。なぜ謝るのだと言うと、幸之助は頭を下げたままこう言った。

「月影様はきっと、ご自分をお責めになる。私がこんなことをしたのは、自分が落ち込んでいたせいだと」

「……っ」

「すみません。雪月様を偲《しの》ばれることは、とても大事なことだと、分かっているんです。でも、元気がない月影様を見てられなくて、その……月影様は、何も悪くありません。これは、私の我が儘です。ですから、どうかお気になさらず……っ」

「馬鹿者っ」

震えながら必死に謝る幸之助の元まで歩み寄り、月影は幸之助を抱き締めた。

「謝るな。ぬしに落ち度など何もない。それに……空蟬」

こっちに来いと手招きすると、空蟬は首を捻りつつ、ちょんちょん寄ってきた。

「はて。なにゆえここで私を呼ばれます……っ」

「二人ともよう聞け」

寄ってきた空蟬も腕に抱いて、月影は再び口を開いた。

「心配をかけたな。俺はもう、大丈夫じゃ」

「……月影様」

「もう心配はいらん。ぬしたちのおかげぞ」

不安そうに名前を呼んでくる幸之助の顔を覗き込み、面と向かって言ってやる。

確かに、雪月に対する後悔はいまだに消えていない。きっと、一生消えないだろう。

だが、自責の念で心が疼《うず》けば疼くほどに、今生きている者たちへの愛おしさが募っていく。

もう、同じ過ちを繰り返したくない。後悔なんて微塵《みじん》もしないくらい、大事にしたい。

自分のことをこんなにも愛してくれる幸之助たちを見て、そう……強く思った。

「ありがとうな？」

頰を撫で、心を込めて告げた。

すると、この聡《さと》い嫁は月影の想いが分かったらしく、ぼろぼろと涙を零してしがみついてきた。空蟬も「奥方様、ようございましたな」と嬉しそうに笑う。

そんな二人の温もりを嚙み締めるため、さらに深く抱き締めていると、誰かが尻尾を摑んできた。

見ると、陽日と梓が尻尾にしがみついていた。

「ついかえ、おにゃかしゅいたあ」

「……たあ」

その場の空気をぶち壊す物言いに、月影は思わず笑ってしまった。

全く、どこまでも我が道を行く兄だ。とはいえ――。

「そうでございますな。俺も、腹が減りました。こっ幸之助。用意してくれるか？」

笑って声をかけると、幸之助は涙で濡《ぬ》れた瞳を何度かぱちくりさせたが、すぐ嬉しそうに笑って立ち上がった。

「はい！　少々お待ちください。腕によりをかけて、熊鍋を作りますので！」

「わあ！　にゃぺ！」

「にゃぺ！」

たすきを掛けながら宣言する幸之助に、陽日たちがぴょんぴょん跳ねて歓声を上げる。

皆、笑っている。心の底から。そう思ったら、どうしようもなく嬉しくなって……。

ポポン。ポポポン。ポポポポポンッ。

その日。数日ぶりに、軽やかな鼓《つづみ》の音が加賀美の里に木霊《こだま》した。

# あとがき

はじめまして、こんにちは。雨月夜道と申します。このたびは、拙作「狗神さまはもっと愛妻家」をお手に取っていただき、ありがとうございます。

この話は、以前出していただいた「狗神さまは愛妻家」の続編になります。この話だけ読んでも大丈夫ですが、前作も読んでいただけますとより楽しめると思うので、読んでいない方はぜひ！　……と、宣伝はこのくらいにしておいて、今回のお話。

「陽日を積極的に絡めたお話なんてどうでしょう？　それなら、とっても可愛い＆ほのぼのした話になるはず！」という編集様のお言葉を出発点に作り始めたはずなんですが……どうしてこんなことに。

最初は、雪月のせいかな？　と、思ったんですが、やっぱり戦犯は月影ですね。

雪月は、プロット段階では単なる困ったトラブルメーカーでしかなかったんですが、いざ書き始めたら、そうなってくれない。というか、月影がそうさせてくれない。

「雪月様は俺の友ぞ！」と、絶対に雪月の友をやめない。そんなものだから、月影のことをそこまで想っていなかったはずの雪月も、気づけば、こじらせまくった月影大好きっこに。

陽日も……こんな、あらゆる意味で最強のブラコン兄貴になろうとは思いもよりませんでしたし、幸之助も「可愛い嫁」から「熊殺しの嫁」に進化（？）しちゃって……前作でもそうでしたが、この話は、月影というキャラに誰も彼もが巻き込まれて、彼が突っ走るほうへひたすら転がっていく。そんな話なんだなあとつくづく思いました。

と、そんな本作に今回もイラストをつけてくださった六芦先生。相変わらずの愛らしい二人に惚れ惚れです。おむつ陽日も、お尻もっこもこで絶品でございました。

雪月は非常に麗しく描いていただきました。しかも、表紙に雪月鳥というおまけつき！

今回も、もふもふ愛くるしさ満点の素敵イラスト、ありがとうございました！

編集様も、王道外れまくった本作に頭を抱えながらも止めることなく、最後まで突き進ませてくださりありがとうございました。おかげさまで、こうして形にすることができました！

「せっちゃんが可哀想だろう！」と、殴ってくるほどに感情移入して手伝ってくれた友人にも感謝感謝です。

最後に、ここまで読んでくださった皆様、ありがとうございました。結構大変な目にあってもほのぼのなたんぽぽ夫婦を、少しでも楽しんでいただけますと幸いです。

それでは、またお目にかかれることを祈って。

二〇一六年三月　　雨月夜道

✦初出　狗神さまはもっと愛妻家……………書き下ろし
狗神さまは笛を吹く……………………書き下ろし

雨月夜道先生、六芦かえで先生へのお便り、本作品に関するご意見、ご感想などは
〒151-0051 東京都渋谷区千駄ヶ谷 4-9-7
幻冬舎コミックス　ルチル文庫「狗神さまはもっと愛妻家」係まで。

幻冬舎ルチル文庫

狗神さまはもっと愛妻家

2016年3月20日　　第1刷発行

| | |
|---|---|
| ✦著者 | 雨月夜道　うげつ やどう |
| ✦発行人 | 石原正康 |
| ✦発行元 | 株式会社 幻冬舎コミックス<br>〒151-0051 東京都渋谷区千駄ヶ谷 4-9-7<br>電話 03(5411)6431[編集] |
| ✦発売元 | 株式会社 幻冬舎<br>〒151-0051 東京都渋谷区千駄ヶ谷 4-9-7<br>電話 03(5411)6222[営業]<br>振替 00120-8-767643 |
| ✦印刷・製本所 | 中央精版印刷株式会社 |

✦検印廃止


ISBN978-4-344-83688-4　C0193　Printed in Japan

「幻冬舎ルチル文庫」
大好評発売中

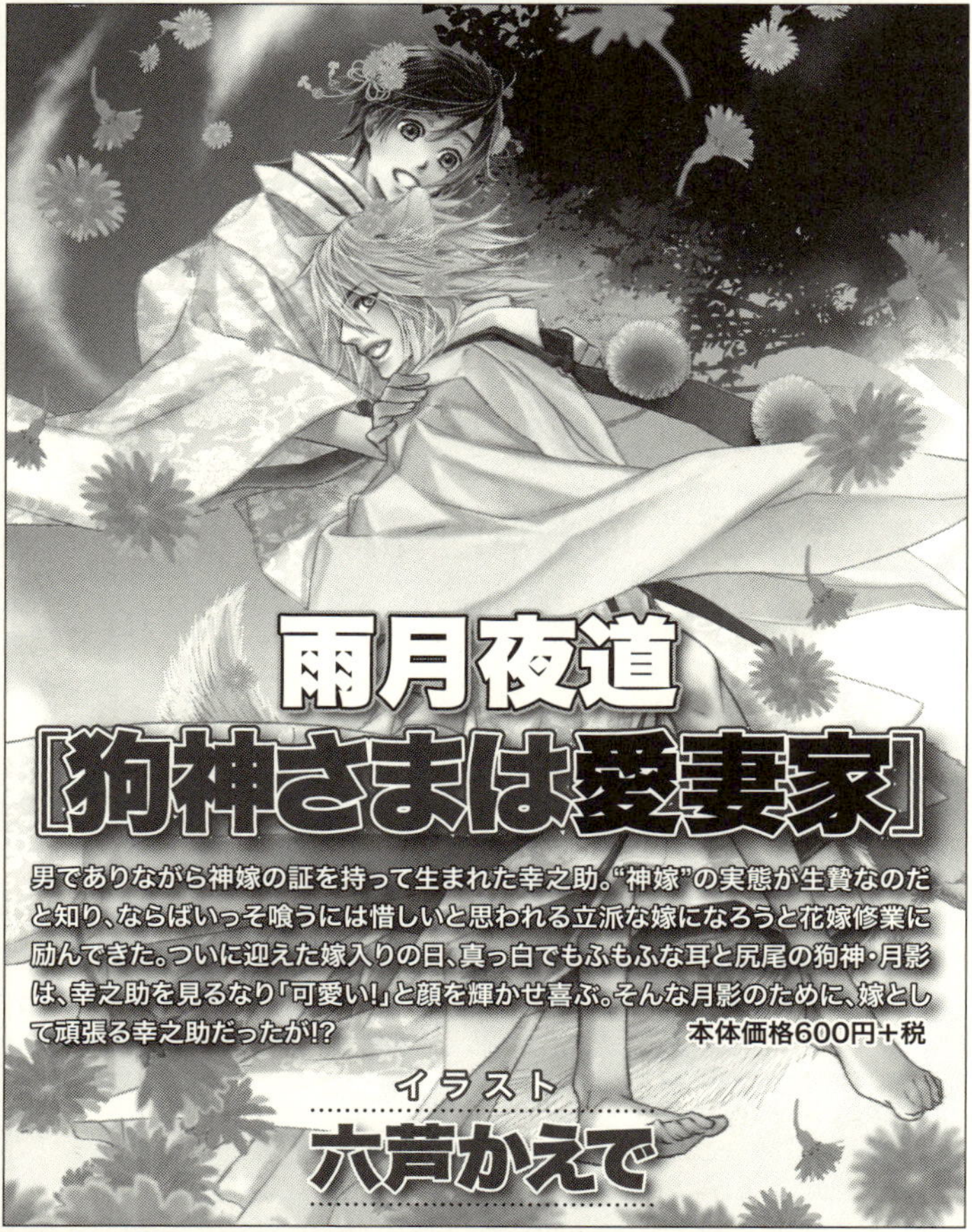


発行●幻冬舎コミックス　発売●幻冬舎